きみを見つけに

CROSS NOVELS

うえだ真由
NOVEL: Mayu Ueda

六芦かえで
ILLUST: Kaede Rikuro

CROSS NOVELS

CONTENTS

CROSS NOVELS

CONTENTS

きみを
見つけに

アルバイト先のカフェは完全な官公庁街にあるので、日曜日は暇《ひま》だ。営業時間も短く、平日は二十二時まで開けているのに対して土日祝日は十九時で閉めてしまう。

売り上げもさほどではないので休日は閉めていてもよさそうなものだが、開けているのには理由があった。一つは年中無休を謳《うた》っている大手コーヒーチェーンの店舗であること。もう一つは、場所が場所だけにレストランやカフェの類《たぐ》いが極端に少なく、休日出勤の人だけでもある程度は店に来るので赤字にはなっていないこと。

カフェとはいっても喫茶店との中間のような雰囲気で、内装や制服等はシンプルかつスタイリッシュにまとめているが、セルフオーダー式ではなく店員が注文を取りにテーブルまで行き、機械ではなくサイフォンで淹《い》れるコーヒーが売りだ。軽食メニューもわりと充実しており、ケーキなどは仕入れるもののクラブサンドやホットケーキなどは厨房《ちゆうぼう》で一から作っている。

全面ガラスから見える閑散とした通りを眺め、平井遥斗《ひらいはると》は小さく息をついた。

大学に近いわけでも、現在独り暮らししているマンションから近いわけでもないこの店でアルバイトをしているのは、頼まれたからだった。遥斗はもともと同じチェーン店の自宅マンション近くの店舗でアルバイトしていたのだが、四年生になって早々に一つ企業内定を取れたため、就職活動に時間を割《さ》かなくてもよくなったところを見込まれ、霞《かすみ》が関店《せき》への異動を打診されたのだ。

周囲には官公庁のビルが建ち並び、住居や学校などが殆《ほとん》どないせいで、霞が関店はアルバイトの人員確保にいつも窮《きゅう》していた。遥斗は就職活動が激化する大学四年生にもかかわらず時間に余裕があるため、店長に頼み込まれて一ヵ月前に霞が関店に移ってきたのだった。

暇なのをいいことに器材のステンレス部分をクリーム洗剤で綺麗《きれい》に磨《みが》き上げていると、同じアルバイト仲間――ただしこちらは大学生ではなくフリーターだ――の柳真希子《やなぎまきこ》が言う。

「暇だよね～」

「うん」

「平井くん真面目《まじめ》だよね～。店長いないし、ダラダラしてたらいいのに」

そう言う真希子は先ほどからこっそり持ち込んだスマートフォンを弄《いじ》るばかりで、遥斗は曖昧《あいまい》な笑みを返した。確かに暇なのでこの時間を利用してテキストの一冊でも広げたい気持ちはあるが、根が真面目なのでとてもできない。勤務中は携帯禁止のスマートフォンも、密《ひそ》かにポケットに入れているアルバイトがたくさんいることは知っているが、遥斗は一度も持ち込んだことがなかった。

そのとき自動ドアの開く音がして、遥斗も真希子もすぐに視線を向けた。

「いらっしゃいませ」

入ってきたのは、身なりのいい三十前後の男だ。

高級品だとひと目でわかるダークグレーのスーツを着てセンスのいいネクタイを締め、手には経済誌を一冊持っているだけだった。官僚が客として来ることが珍《めずら》しくないので、この店でアルバイトを始めてから目が肥《こ》えた方だと思うが、適当な席に着くその男は明らかに上質のものを身に纏《まと》っている。

「オーダー取ってくるね」

カウンターの内側からでもわかる男の整った面立ちを認めた瞬間、先ほどまで緩慢に暇をつぶしていたのが嘘のように、真希子がさっと出ていった。その背中を見送り、遥斗も清掃作業の手を止める。雑誌を持ってきた客はカウンターの中で店員が何をやっていようがあまり気にしないだろうけれど、コーヒーを飲んでいる間器材を念入りに清掃しているところを見ればいい気分ではないだろうと思ったのだ。

オーダーを取って戻ってきた真希子は、上気した頬《ほお》で小声で言った。

「すっごいかっこいい」

正直な感想に思わず苦笑いすると、真希子は否定されたと思ったのか重ねて言う。

「ほんとだって。近くで見たらめちゃくちゃかっこいい」

「……っ、遠目でも充分わかります」

「だよね〜。あんなイケメン初めて見る。異動してきたのかな……早く仕事に慣れたいから、日曜も出てきたとか？」

ベテランアルバイトらしく、真希子は口を動かしつつも手早くコーヒーを淹れた。ところが、トレーにすべて載《の》せていざ持っていこうとしたとき、店内の電話が鳴る。

「あっ」

残念そうに顔を顰《しか》め、真希子がコードレスフォンを取った。一介のアルバイトは外線電話を取れないが、勤務年数の長い彼女はアルバイトの中でも責任者に属するので、問い合わせや業務連絡にも対応しなければならないのだ。

「お待たせいたしました、シモンズ珈琲店《コーヒーてん》霞が関店です。……あ、おはようございます。お疲れさまです」

電話に出つつ、仕方ないと言いたげに目でトレーを指した真希子に頷《うなず》いて、遥斗はカウンターを出た。

件《くだん》の男は、スーツのジャケットを着たまま経済誌を読んでいた。やや斜めに腰掛け、長い脚を持て余すようにテーブルの外に出して組んでいる。近づいて顔がはっきり見えるにつれ、真希子の言うとおりかなり整った顔立ちだということがわかった。

美形ではあるが、野性味が程良く残った男前だ。切れ長の双眸《そうぼう》に意志の強そうな眉《まゆ》、端正というよりは精悍《せいかん》な顔立ちと言える。前髪を適当に流しているがひと房落ちて額《ひたい》にかかっており、その無造作な雰囲気が色っぽくて男を上げていた。

真希子はああ言ったが、遥斗は官公庁に勤める人間とは違う気がした。根拠はないが、雰囲気が国家公務員のそれではない気がする。たった一ヵ月、されど一ヵ月。客の八割は近くの官公庁職員しか来ないこの店で、それなりの時間働いてきたのだ。

ただ、この辺りに用がある一般人とも思えない。時刻も時刻だし、そもそも日曜日の今日、裁判の傍聴や警視庁本部に用があっても閉まっている。

内心で首を捻《ひね》りつつ、遥斗は表情には出さずにテーブルへ近寄った。

「お待たせいたしました」

「……」

ちらりと顔を上げた男と目が合って、ちょっとどぎまぎしてしまった。俳優ばりに整った顔に見つめられて緊張したせいもあるが、彼がやけに、その油断のない眼差しで見つめてきたせいだ。まるで何かを疑うような思わず身を竦《すく》めたくなる視線は、しかし優しさや懐かしさらしきものも含んでいる気がした。

前にどこかで会っただろうかと考えて、遥斗はじきに内心で首を振った。こんなに印象的な男、会ったら絶対に忘れない。

強い視線から逃れるように長い睫毛《まつげ》を伏せ、遥斗はソーサーを持ってそっと男の前に置こうとした。ところがほぼ同時に、男がテーブルにあったナプキンホルダーを動かしたため、手がぶつかりそうになる。

「……!」

慌《あわ》てて引っ込めようとしたが、男の手がかすってしまった。カップとソーサーが触れ合う硬質な音が響き、衝撃でコーヒーが波打ってカップから飛び出す。

「す――すみません」

咄嗟《とっさ》に自分の方に引いたのが功を奏し、濡《ぬ》れたのは遥斗のズボンと靴《くつ》だけだった。男のプレスの効いたシャツの袖口《そでぐち》やスーツの袖口にコーヒーがかからなかったことに安堵《あんど》したが、見苦しいところを見せてしまったのに変わりはない。遥斗は急いでカップをトレーに戻し、空《あ》いている隣のテーブルに置く。

「お客様にはかからなかったでしょうか」

「あ……いや」

「申し訳ありません」

悪いのは明らかに、コーヒーが置かれることをわかっていながら妙なタイミングで手を出してきた客の男だが、彼は遥斗がカップを置きやすいようにナプキンホルダーを退けたというのも明白だ。悪気がないとわかっているだけ苛立《いらだ》つこともなく、遥斗はすぐにカウンターに戻ると、新しいカップにコーヒーを注いでトレーに載せた。

「床が少し濡れていますので、よろしければお席をお移りください」

三つほど隣のテーブルに誘導し、改めてコーヒーカップを置く。

「失礼いたしました」

一礼し、その場をあとにしようとしたときだ。

「君、かなり濡れてるじゃないか」

「え？」

男の言葉に顔を上げ、彼の視線を追って自分の足下を見た遥斗は、彼の指摘どおり思ったより濡れていることに気がついた。確かに熱かったが、それ以上に目の前の高級スーツが汚れなかったかどうかが気になって、自分のことは大して気に留めていなかったのだ。

「僕は大丈夫です」

「大丈夫じゃないだろう、そんなに濡れて。火傷《やけど》しなかったか？　見せて」

「平気です。それに、濡れたといっても制服ですから。すぐ乾きますし」

幸いなことに、あと一時間ほどでアップの時間だ。制服のズボンも靴も黒で、染みも目立っていない。

気にしないでくれと小さく首を振ったが、男の気は済まないようだった。

「もし火傷しているようなら、治療費を出させてもらうから連絡をくれないか」

「い、いいえ。そんな――」

「見た目がなんともなくても、空気に触れているだけで痛いようなら火傷しているから。その場合、すぐに受診して」

てきぱきと言い、男はテーブルに置いてある紙ナプキンを一枚取ると、万年筆で流れるように携帯番号を記した。番号の下に小さく、『橘高《きつたか》』と書き添える。これが男の名字なのだろう。

零《こぼ》した原因は向こうにあるとはいえ親切な対応に恐縮して、遥斗は礼を言った。

カウンターに戻ったところで、ようやく電話を終えた真希子が小声で尋ねてくる。

「零しちゃったの？」

「うん。向こうにはかかってないから大丈夫」

「よかった。……でもないか。ユニフォームのストックあるし、着替える？」

「いえ、あと一時間だからいいです」

そう言うと、真希子は「着替えたくなったら言って」とだけ告げ、バックヤードに向かいながら続けた。

「ちょっと倉庫行くけど、お店お願い」

「はい」

先ほどの電話は、どうやら系列店からの資材確認だったようだ。発注は来客数を予想して行うが、実際の来客数とかなりずれがあると足りなくなったり余ったりする。店舗間で貸し借りするのは珍しいことではなく、今回もおそらく別の店舗から何かの資材を借りられないか打診され、倉庫に確認に行くのだろう。

一人なのですぐにカウンターに戻れるように意識は店のドアに向けつつ、モップで手早く床の濡れたところを拭きながら、遥斗はさり気なく件《くだん》の客を観察した。

歳は、やはり三十前後に見える。肌に張りがあり二十代でも通りそうだが、身に纏ったこなれた雰囲気がそれなりの年齢を感じさせた。

職業はまったくもって不明だ。高級品とはいえごくありふれた型のスーツ姿が様になっているものの会社員らしさも公務員らしさもなく、自営業のイメージも湧《わ》かない。自由業――俳優か何かだと言われると納得できるほどの容姿だが、芸能界に疎《うと》い自分はともかく真希子ですら顔を知らなかったようなので、それも考えにくい。

普段は客にこれほど注意を払うことなどないのに今日に限って気になるのは、彼が自分を見つめたときの眼差しがあまりにも印象的だったためだ。

ひと言では言い表せない、いろんな感情が複雑に混交していたように思えたのだが、はたして気のせいなのだろうか。

視線の先で、男は大人しくコーヒーを飲み終え、静かに席を立った。

しかし店から彼がいなくなったあとも、遥斗の心の中にはなんとなく彼の存在が残ったままだった。

＊

「ほかに質問はないか？　ないか――じゃあ……、少し早いけれど今日はここまで」

腕時計を見て教授が終了宣言すると、八名のゼミ生は席に着いたまま思い思いに頭を下げる。

遥斗も同様にぺこっと頭を下げ、部屋を出ていく教授の背中を見送ったあと、帰り支度を始めた。

今日はこのあとアルバイトだ。スマートフォンを見て時間に余裕があることを確認し、構内にある生協の書店にでも寄ろうかと考えていると、友人の中谷《なかたに》がやってきた。

「お疲れ。平井、暇？」

「うん。バイトあるから一時間程度なら」

「悪いんだけどさ、先週のゼミのノートコピーさせてくんね？　俺就活で休んでて」

「いいよ」

「恩に着るわ。ったく、就活は平日しかできないってのはわかってるけど、ゼミの日とかマジ勘弁してほしいよな〜」

「わかるわかる」

心なしか頬がやつれた中谷に苦笑して労《いたわ》り、遥斗は連れ立って図書室に向かった。コピーコーナーの一角を陣取って、バッグからゼミのファイルを取り出す。

「悪いな」

「ううん。俺が休むときはよろしく」

気さくに応《こた》え、先週のノートをコピーしていく。機械的な動作で一ページ捲《めく》ってはコピーボタンを押す作業を繰り返していると、手持ち無沙汰なのか中谷が話しかけてきた。

「先週の就活で先輩に会ってもらったけど、手応えあんまないんだよな……。俺も早く内定欲しいわ……」

「中谷ならすぐ取れるよ」

「だといいけどさー、どうだろ。平井は今んとこ一社？　そこで決めんの？」

「うーん。雰囲気よさそうな会社だったし、たぶんそこで決めると思う。できれば公務員がよかったけど、無理っぽくて諦めた」

「あーやっぱ公務員最強だよな。霞が関なんかでバイトしてると、エリート公務員に憧《あこが》れが出てくる？」

「ま、まさか。あんなの別世界って感じだよ……東大卒！　みたいな人だらけ」

「そっか。ま、うちの大学なら東大とまではいかなくても国家公務員になる奴結構いるっちゃいるけど。……そういうことなら、とりあえずは一つ決まって就活終了って感じ？」

「一応は……。中谷みたいに『絶対金融』みたいな希望もないし」

経済指標が上昇しただの求人倍率が上がっただのニュースでは耳にするが、景気が好転している実感はまったくない。とはいえ、学業に問題はなくとも引っ込み思案で面接などの自己アピールが下手な自分が早々に内定を取れたのは、やはり氷河期まっただ中よりは少しましになっているということだろうかと、遥斗はぼんやり思った。

真面目に講義を受け続けたお陰で、四年次の今は今年でなければ履修《りしゅう》できないゼミなどしか残っていない。就職活動のためのセミナーやイベントに通うこともなくなったため、今は空き時間をアルバイトに費やす日々だ。

他人には羨《うらや》ましがられる話だが、遥斗は遥斗でいろいろと不安なのだった。

友人の誰にも打ち明けていないが、思春期からどうも異性への興味が薄く、その代わり同性への憧憬《しょうけい》や思慕が強かった。もともと大人しい性格なので、初めは単に奥手《おくて》なだけかと思っていたのだが、高校を卒業する頃になると自分の性癖を認めざるを得なかった。

女性を見て可愛いなとか素敵だなと思うことはあっても、付き合いたいとは思わない。逆に、同性はただの友達と好みのタイプがはっきり分かれてきて、不安やもどかしさで夜眠れないときもあった。世間の大多数は異性愛者だということも理解しているし、受験勉強から解き放たれて大学で開放的に恋愛を楽しむ男友達の姿を見てしまえば、少数派だという自覚を強く感じて苦しかった。

ただ、同性愛者だって大学生にもなればそれなりの手段で相手を見つける人間もいるだろうし、マイノリティだから独り身だというのは言い訳に過ぎない。引っ込み思案の遥斗から一歩踏み出せるはずもなく、誰かに想いを告げたり、同胞がいるという噂の界隈《かいわい》に足を運んだりといったことが一度もないだけの話だ。このままでは生涯独身はもちろん、一度も恋愛しないまま死ぬかもしれないと思ったことも一度や二度ではない。

そんな遥斗だから、希望就職先はある程度絞っていた。

妻帯者か否かが社内評価を分けるお堅い社風の大企業への就職は現実的ではないし、評価に関係なくとも社員全員が家族のようなあまりに小規模なところも駄目だ。失業したときに妻の収入をあてにすることもできないから、浮き沈みの激しいＩＴやアパレルなどの業界も避けたい。その代わり、転勤は問題ないし扶養者もできないので給料は自分一人が食べていくだけあればいい。

というわけで堅実な業績を上げ続けている中規模企業に的《まと》を絞って就職活動をした結果、老舗《しにせ》の機器メーカーから早々に内定をもらうことができた。営業で新規客先を開拓するような商品を作っているのではなく、社で特許を取った部品を複数の決まった大手メーカーに卸し続け、並行して新商品の開発も進めている社員百人程度の会社だ。

試験や面接に行った際に社内を少し眺めただけだが、清潔感のある社員が多く雰囲気も悪くなく、面接官の態度も非常に誠意あるものですぐに決めた。

中小規模でもいいからとりあえず内定が欲しいが、本命は大企業で、そちらに就職できることが確定したら辞退する――そんな学生が多いから、内定をもらった日にここでお世話になりたいので就職活動は終了すると伝えたところ、先方にはとても喜ばれた。遥斗の学歴や成績から、自分のところに入社するかは半信半疑だったようだ。

一生懸命働かなくては。ずっと一人だろうから……そんなことを考えていると、いつしか手が止まっていたのか声をかけられる。

「……どした？」

「う、ううん。ごめん。なんでも」

ぼんやりしていたところを中谷に訝《いぶか》られ、遥斗は慌てて曖昧な笑みでごまかした。中谷は大人しい自分にできた、気のいい友達だ。けれど秘密を打ち明ける勇気は持てず、ただこのままこんな自分の友達でい続けてくれたらいいなと願っているのだった。

気持ちを切り替えるべく、遥斗は彼にしては明るい声で言った。

「バイトといえば。この前ちょっと変わったことがあって」

「うん？」

「……」

言いかけたものの、脳裏に浮かんだ男の顔に、遥斗は口を噤《つぐ》んだ。コーヒーを零した顛末《てんまつ》を話そうとしたのだが、なぜか躊躇《ちゅうちょ》してしまった。

真希子の台詞《せりふ》ではないが、本当に男前の客だった。スーツ姿が決まっていて、突然のハプニングにも動じない堂々とした振る舞いだった。こちらを見つめる眼差しに一分《いちぶ》の隙《すき》もなかったことを思い出す。

なんとなく、あのひと幕を誰かに話すのが勿体《もったい》ない気がした。もちろんどうということはないエピソードだし、あの場には真希子もいたので自分だけが知る話でもないのだが、なぜだか自分の中でとっておきたいような気になってしまったのだ。

変な気持ちだと自覚しつつ、中谷が話の続きを待ってくれているので、もう一つの『変わったこと』があったのを思い出して口にする。

「たぶんあの辺の省庁に勤めてる人だと思うけど。店に入って俺の顔を見るなり、びっくりしたように立ち止まって」

「なんだそれ」

「さぁ？　コーヒー持っていったら、兄弟はいるかって聞かれた」

「兄弟ぃ？　なんで？」

「わかんない。適当に濁したんだけどしつこくて、仕方なく姉がいるって言ったら『兄はいないのか』って」

「それナンパだろ。ホモのナンパ。平井の見た目が気に入ったけど若すぎるから、兄貴がいりゃ紹介してくれ的な」

「え⁉　ま、まさか」

「気をつけろ、エリートには隠れホモが多いって噂を聞いたことある」

「どんな噂だよ……」

冗談交じりに、でも目は真剣に注意されて、遥斗の胸がちくりと痛んだ。同性に想いを寄せるのはやはりイレギュラーなことなのだなと、こういう日常の些細《ささい》なところで強く感じたりする。

適当に口にした話題だったが、思い出してやはり違和感を覚えた。兄がいるかと尋ねてきたあの男の目は、本当に驚愕《きょうがく》に満ちていた。ネームプレートを確認され、安堵と落胆が入り交じったような表情を見てしまえば、何も言えなくなった。

先日のコーヒー事件の男とタイプは違うものの、不審な質問をしてきた男もかなりのエリート然とした様相だった。ただ職業不詳だった前者と異り、間違いなく霞が関の住人なのだろうという確信はあった。醸《かも》し出す雰囲気で、なんとなくわかるのだ。

どこかで会ったことがあり、向こうはそれを憶《おぼ》えていたのだろうか。とはいえ、こちらは中央省庁勤めのエリート国家公務員に血縁どころか知り合いすらいないし……と困惑していると、中谷が言う。

「あれかもな、平井がそいつの知ってる誰かに似てたとか」

「そうなのかな……あ、でもそうかも」

自分を見つめる眼差しに、驚愕に隠れてほんの僅《わず》かの郷愁《きょうしゅう》のようなものが滲《にじ》んでいたことを思い出し、遥斗は首を捻った。

「でもそこまで似てるもんかな。普通はさ、あっ似てるなって思っても、一卵性双生児とかでもない限りよく見たら少し違うものじゃん。あんな何度もしつこく聞くほど、俺が誰かに似てたってこと?」

「じゃねぇの? ……なんか俺、聞いたことある。世の中にはそっくり同じ顔した奴が三人いるって。マジで瓜二《うりふた》つの人間」

「へぇ」

「で、全員を見たら死ぬらしい」

「えっ。な、なんで」

「この世に同じ顔は三人しか存在しちゃいけないから、遭遇した時点でダブってると判断されて死ぬらしいぜ」

穏やかではない話に背筋が震えたが、遥斗はすぐに首を傾《かし》げる。

「そっくりな人を見たら、なんで自分が死ぬんだろ？　その理屈だと、死ぬのは別に自分じゃなくて相手でもよくない？」

素で尋ねたのだが、中谷はぽかんとしたあと盛大に噴き出した。遥斗の脇腹を小突き、肩を震わせる。

「都市伝説に突っ込んじゃ駄目だろ〜」

「そ、そっか。ごめん」

「そこで謝んのが平井らしい」

笑った中谷は、次に声を潜めて言った。

「気をつけろよ〜。平井そっくりな奴が一人いるらしいってことは、あと一人しか余裕がなくなる」

「脅《おど》かすなよ……」

話はすっかり雑談の方向に流れ、じきに中谷の就職活動状況の愚痴《ぐち》に移った。

話を聞いて相槌《あいづち》を打ち、ときに同情したり人から聞いた経験談を話したりしているうちに、遥斗の頭の中から不可解な客のことはすっかり消え失せていたのだった。

＊

翌週の日曜日、いつものようにカフェでアルバイトをしていた遥斗は、時間になったのに気づいてバイト仲間に挨拶《あいさつ》すると裏の厨房を通り抜けて事務所に入った。

ジーンズとシャツ、それにパーカーという私服に着替え、帰ろうとしたときだ。

「平井くん、まだいる？」

事務所に顔を出した真希子の声に、大学のテキストなどが入ったバッグを斜めに掛けていた遥斗は、何かミスでもしただろうかと慌てて返事をする。

「います」

「あ、よかった。ちょっと来てくれる？」

不安に思いながら、私服で店内に入るのが躊躇《ためら》われてドア越しに厨房に顔を出すと、真希子が声を潜めて言った。

「先週来たイケメンいたでしょ、コーヒー零したときの」

「はい」

「あの人が平井くんに会いたいって」

「え？」

あのときは自分しかコーヒーがかかっていないと思っていたが、実際は違ったのだろうか。染みによるクリーニング代か火傷による治療費を請求に来たのだろうかと青褪《あおざ》める遥斗に、真希子は苦笑しつつ顔の前で手を振った。

「怒ってないよ、ただお礼言いたいだけみたい。入り口で待っててもらうから、帰るとき表に回ってくれる？」

「は、い」

お礼という言葉が解せなくて首を傾げつつ了解した遥斗に、真希子は残念そうに言う。

「あー、やっぱあのときコーヒー持ってったのが私だったらよかったのにな～。これをきっかけにしていろいろさ～」

「……きっかけ」

「この辺に勤めてる人じゃなさそうだけど、結構エリートっぽい感じじゃん。あんな人が彼氏だったらいいよねぇ」

「……っ、お疲れさまです」

苦笑いして真希子に挨拶し、遥斗は裏口から出ると足早に店の正面に回った。探すまでもなく、スーツ姿で佇《たたず》む長身を見つける。

遥斗が早足から小走りに切り替えたのと、男がこちらに気づいて振り返ったのは同時だった。

微《かす》かに笑いかけられて、冷ややかな第一印象だったけれど本当はそうでもない人なのかもしれないと思う。

すぐ傍《そば》まで駆け寄り、ぺこりと頭を下げた遥斗に軽い会釈《えしゃく》を返して、男はあの日と同じ低い声で切り出した。

「帰るところなのに悪いね」

「いいえ。……あの、……」

「先週は申し訳なかった。火傷しなかった？」

「はい。大丈夫です」

「そう、よかった。……これ、ほんのお詫《わ》びの気持ち」

薄い紙袋を差し出され、遥斗は目を瞠《みは》った。袋に箔押《はくお》しされたロゴは、有名な海外ブランドのものだ。慌てて首を振り、固辞《こじ》する。

「お詫びだなんて、とんでもないです。コーヒーがかかるとか、働いているとよくあることなので。気にしないでください」

「そういうわけにはいかない」

「でも」

「大したものじゃない。靴下だよ。あの日俺が汚してしまったから」

困ったように笑ったその顔は、元が整っているからこそ意外なほど可愛く見えた。

こんなに隙のない大人の男でも、こんなに可愛く見える瞬間があるのだというギャップ。思わず見惚《みと》れた遥斗はぼんやりしているうちに紙袋を握《にぎ》らされてしまい、内心で焦《あせ》る。

「でも、あの……お客様」

「あぁそうだ、ちゃんと名乗らずに申し訳ない」

遥斗の言いたいことをわかっているくせに、男はわざと、一瞬詰まった呼び方の方に反応した。スーツの内ポケットに手を入れ、取り出したのは機能的なアルミ製の名刺入れだった。節がしっかりした長い指でパチンと蓋《ふた》を開け、一枚抜いて遥斗に差し出す。

就職活動の際に身につけたマナーで、両手で受け取るべく、遥斗は咄嗟に紙袋を小脇に挟んでしまった。そうするともう受け取ったも同然で、しばし二人無言で視線を合わせ、やがて男が小さく噴き出す。しまったと思ったが、もう遅い。

やむを得ずありがたくもらうことにして、遥斗は名刺を見ながら礼を述べた。

「ありがとうございます、いただきます。……橘高、先生」

名字はあの日紙ナプキンに書かれたものと同じだ。職業を見て敬称をつけた遥斗に、男は鷹揚《おうよう》に手を振る。

「先生は堅苦しいから、普通にしてもらえると助かる」

「……はい。僕は平井遥斗といいます」

相手が身分を明かしてくれたので自分も名乗り、遥斗は名刺から男に視線を上げた。

「お医者さんなんですね」

名刺には、杏美《きようび》美容外科クリニック　医師・橘高佳明《よしあき》と記載されている。

だから先日コーヒーをかぶってしまったとき、何かあれば連絡してくれと強く言ったのだろう。

美容外科医として火傷の痕《あと》を治すというより、単純に医師にいろいろ伝手《つて》があり、すぐ受診できる評判のいい病院を紹介してくれるという意味だったのだと合点がいく。

尊敬の眼差しで見つめる遥斗に、佳明は苦笑しつつ首を振った。

「医者といっても、美容外科医だけどね」

「美容……っていうと、目を二重《ふたえ》にしたりする……？」

「そう。遥斗くんは縁がないだろうけど」

言われた瞬間、遥斗は魅入《みい》られたように瞬きもできずその場に佇んだ。

自分の容姿が悪い方ではないらしい、ということは知っている。小学校中学年まではよく女の子に間違われ、成長しても綺麗だと人に言われたことが何度かあった。

ただ如何《いかん》せん、消極的で大人しい性格もあって、遥斗はとにかく目立つ人間ではなかった。容姿を誉《ほ》めてくれた人も、「よく見れば整ってるね」「気がつかなかったけど綺麗なんだね」と、称賛の前に必ずひと言つけた。初対面で感嘆されることはまずなく、クラスメートだったりアルバイト仲間だったりしてそれなりの期間を一緒に過ごしたあと、ふと気づいたように言われるのがお決まりのパターンだ。

それは美醜の微妙なラインにいるからではなく、とにかく地味なせいだと知っている。顔をはっきり見せると、すれ違った人に二度見されたりするのがなんとなく恥ずかしくて、前髪はいつも長めにしていた。顔を上げてあちこち見ることも少なく、どちらかといえば常に目を伏せ気味にしている方だ。

その上で自分から喋《しゃべ》ったりすることが殆どなく、グループのディスカッションなどではひと言も発さないまま終了時間が来ることも珍しくないので、容姿云々《うんぬん》以前に存在感が薄い。

だから他人は遥斗の顔をまじまじと見ることがまずなく、長い付き合いの中でふと、すぐ近くにいたりするときなどに気づくという感じだった。

まだまともに会話したことのない佳明がそんなふうに言ったのは、美容外科医らしく人の顔立ちに注視しているせいかもしれない。

ただ、遥斗が思わず固まってしまったのは、普段は注目されない自分の顔についていきなり言及されたからでも、男が男の容姿を誉めたことに対して怪訝《けげん》に思ったからでもなかった。

自分を見る、佳明の眼差し——何かを探るような、細かいところまで決して見逃さないような真剣な視線に、思わずたじろいでしまったせいだ。

この目は、憶えている。一週間前、最初に遭遇したときも、ほんの一瞬だけこんな視線に晒《さら》された。

しかし緊張が走ったのは僅かな時間で、気づけば佳明は普通の表情になっていた。

「こんなこと聞くのはあれだけど。ここからだと有楽町《ゆうらくちょう》と新橋《しんばし》、どっちが近い？」

「あ……、ＪＲに乗られるんですか」

「そう。これから品川《しながわ》に用があって」

「あんまり変わりませんが、有楽町の方が若干近いです」

「ありがとう。こっち方向に行けばいいのかな。この道を真っ直ぐ」

「いえ、この道じゃなくて向こうの……あの、よかったら一緒に……。僕も有楽町から地下鉄なので」

「それは助かる」

申し出を断ることなく、佳明は素直に頷いた。ちらりと見せられた笑みは隙のない男前の素顔の一面のような気がして、やはり胸が少しざわめいた。

二人揃《そろ》って、駅に向かって歩く。

「普段は大学生？　三年？　四年？」

「四年です。あそこはバイトです」

「そう。四年生って就職活動で忙しいのかと思ってた」

「この前内定をいただいたところなんです。時間があるので、今はバイトを……」

「そうなのか。このご時世、すぐに決まるなんて優秀なんだな」

「い、いえ。運が良かったんです」

低い声で、話が途切れない程度に振ってくれて。親しくない相手と二人で歩いているというのに、気詰まりな空気は微塵《みじん》もなかった。医者だから初対面の人にいろいろ聞くのに慣れているのだろうかと思い、遥斗は隣を歩く長身をちらりと見上げる。

医師は就職先に困らないだろう。私立の美容外科クリニックに勤務しているなら、転職なり就職なりしたはずだが、医師の就職活動はどんな感じなのか皆目《かいもく》見当もつかない。

聞いてみようかと思ったが、できなかった。本来口数が少なく、仲のいい相手以外と話をするのが苦手な方だ。

大学入学を機に一人暮らしを始めたので、アルバイトは時給の高いところでやりたかったのが本音だったが、もっとも割のいい家庭教師や塾講師は緊張しがちな自分に向いているとはとても思えず、深夜帯で割り増し時給のある居酒屋系も酔客の相手をこなせる自信がなく、チェーン店のカフェに決めたという経緯がある。

そのカフェも、もともとは厨房での募集に応募した。厨房がガラス張りになっているとはいえ客とは隔離されており、そこで少しずつアルバイト仲間と打ち解けながら軽食を作っていてよかったのだが、勤務年数が二年を超えた頃に人手不足のカウンターにも出されるようになってしまい、接客は大学生活も最後の年となった今頃ようやく慣れた有り様だ。

レスポンスの鈍い遥斗に対して、佳明はまったく普通に会話を繋《つな》いでいる。半ば感心して受け答えしているうち、ＪＲの緑色の看板が見えてきた。

「あ、着いた。どうもありがとう」

「いえ。じゃあ僕はこっちなので……これ、ありがとうございました」

「こちらこそ」

もう少し話していたい気分だったが、自分から気の利いた話題を提供できるはずもなく、遥斗は頭を下げてそそくさと隣接する地下鉄の階段に向かう。

少し下りたところで振り返ると、こちらを見ている佳明が軽く手を上げた。それにぺこりと一礼して、今度は振り返らずに足早に下りる。

しかし、見送ってもらえるのはなんだか嬉しかった。そもそも、初対面に近い相手と『もう少し話していたい』という気分になったのは初めてだ。

速い足取りで階段を下りているせいだけではなく心臓が少しどきどきしているのに、遥斗は小さく嘆息すると、見えてきた改札機にパスケースを押し当てたのだった。

＊

三講目から始まるゼミに備えて教室に入った遥斗は、こちらの顔を見るなり駆け寄ってきた同じゼミ生の橋本《はしもと》匡子《きょうこ》に首を傾げた。

「平井くん、来た早々ごめん。ゼミ合宿のお金いいかな」

「あ、うん。八千五百円だったよね」

そういえば先週ゼミ合宿についての説明があり、幹事が橋本になったことを思い出した。

とりあえず席に着き、バッグから財布を出して開けた遥斗は、一万円札にくっついて出てきたものに僅かに目を瞠る。

「ありがと、お釣りは今……、？　これ杏美美容外科の名刺？」

佳明の名刺が一万円の新札に貼りついているのを慌てて剝《は》がし、遥斗は曖昧な笑みを返した。

「ごめん」

「ううん。……平井くん、杏美に通ってんの？」

後半は小声で尋ねた匡子に、首を振る。

「それ、バイト先のカフェに来るお客さんにもらったんだ」

「ふぅん……。カフェ？　バーじゃなくて？」

「カフェ。手を滑らせてコーヒー零しちゃって、それで……」

「そっか、連絡先として名刺置いてったのか。こういうのってお店で保管しとくのかと思ってた」

「すぐ解決したから、保管の必要もなかった。だけどもらったきりそのまま入れっぱなしにしてた」

そう言うと、匡子は納得したようだった。お釣り渡すねと自分のバッグを探っている様子を眺め、遥斗は内心で胸を撫《な》で下ろす。

確かに、いつまでも個人で持ち歩いている代物《しろもの》ではないだろう。佳明と初めて顔を合わせたあの日曜日から、もう一ヵ月半が経っていた。名刺をもらったのは二回目に会ったときだから、一ヵ月以上財布に入れていることになる。

ただ遥斗自身もこれを後生《ごしょう》大事に持ち続ける必要がないとわかっているものの、この名刺が佳明と自分を繋ぐ唯一のものだと思うと、なんとなく捨てられなかったのだ。

別に、特別な繋がりというほどではない。あの一件以来、佳明は週に二度ほど遥斗のアルバイト先のカフェに来るようになった。いつもコーヒーを一杯オーダーし、遥斗が席に持っていくと二言三言会話を交わす。アルバイト店員と客、それだけの関係だ。

それでも、話す機会が増えるごとに会話の内容は変わっていく。最初は当たり障《さわ》りのない気候などの話題から、最近では少しだけ互いのプライベートに触れる話題になっていた。佳明の勤務時間とか、遥斗の通っている大学名など。

毎回天気の話をするのも変だから、店員と客の常識の範疇《はんちゅう》を超えない程度に話の枠が広がっただけだが、遥斗は楽しかった。ひと回り近く年上の医者なんて、そうそう出会えるものではない。お仕事は忙しいんですかとか休みの日は何をしているんですかなど、ありきたりなことを聞くだけでも興味深い。

でもやはり、ひょんなことからもらった名刺をいつまでも財布に入れているのはおかしいだろう。社会人ではない遥斗は名刺入れの類いを持っておらず、そもそも最初に財布に入れたのもしまい場所に困って適当にしただけだった。

じきに匡子が戻ってきて、千五百円を差し出しながら言う。

「整形か〜。ちょっと興味ある」

「そうなの？　別にしなくても……」

「そりゃどうも」

あははと笑った匡子は、わざと拗《す》ねたような顔で遥斗を見た。

「小鼻、もうちょっと小さくしたい。平井くんみたいにすっとした感じに憧れる。紹介してもらおっかな」

冗談とも本気ともつかない口調に遥斗が反応に困っていると、匡子は遠くを見るような目で続けた。

「杏美って、結構大手だよね。その分高そうだけど。怪しい先生とかはいなさそう」

「有名なんだ？　名刺もらうまで全然知らなかった」

「まぁ男は……でもほら、よくCMやってるじゃん？『ほんの少しの勇気が、あなたの未来を無限に変える』みたいなやつ」

そのCMは、知っていた。しかしテレビで見て記憶に残っているのではなく、佳明と知り合ってからインターネットで『杏美美容外科クリニック』を検索し、公式ホームページにあったCM動画を見たためだ。

匡子の言うとおり、男性と女性では美容整形に対しての意識が違うのかもしれないと思っていると、別のゼミ生が教室に入ってきた。匡子がすぐに気づき、遥斗に断るとその学生に向かう。自分のときと同じように合宿費を徴収している姿を眺め、それから遥斗は手許に視線を落とした。返された名刺をどうするか迷って——やっぱり、元のとおりに財布にしまう。

佳明の顔を思い浮かべ、遥斗は目を瞬《しばた》かせた。

いかにも頭のよさそうな、知的で冴《さ》えた眸。ただの客と店員だから、これ以上親しくなれるとは思っていない。けれど、週に二度ほど他愛ない会話を交わす時間は、できれば大学を卒業してアルバイトを辞めるまで続けたい。

知性と色気、相反する二つを同時に纏っている佳明を思い出せば、それだけで鼓動が速くなる。この気持ちが微かな恋心を含んでいることに、遥斗は気づいていた。『微か』なのは、双方の立場を客観的に認識できているために理性が働いているからで、これが客と店員などではなくアルバイトの先輩後輩などの関係だったら、胸を焦《こ》がすほどの恋情にすぐ変化してしまいそうな危惧《きぐ》も感じていた。

けれど——。

(彼女、絶対いるよ)

あれだけ見目よくて、高収入の医師なのだ。引く手数多《あまた》だろう。何より、恋人がいるなら男性ではなく女性に決まっている。

だからきっと、アルバイトの同僚だったとしても佳明と恋人になれるとは思わない。

「……」

大切な名刺が入った財布をじっと見つめ、それから遥斗は小さく息をつくと、バッグに財布をしまったのだった。

＊＊＊

デスクの上を綺麗に片づけ、スーツのジャケットを羽織ったとき、プライベート用のスマートフォンが着信音を奏《かな》でる。待ち合わせ相手からだろうかと画面を見た佳明は、そこに表示された名前に僅かに眉を寄せた。

瀬川亮《せがわりょう》と浮かび上がるその名前に一瞬躊躇したものの、画面を軽くタッチする。

「はい」

自宅マンションの鍵や財布などを確認しつつ抑揚《よくよう》のない口調で出ると、電話越しのせいでやや硬質な瀬川の声が聞こえた。

『今いい？　仕事中？』

「いや、今終わったとこ。これから約束があるから、長くは無理だけど」

『……約束、ね』

物言いたげに復唱されて、佳明はスマートフォンを少し離すと目を眇《すが》めた。時間が時間だけに、食事つきのデートと予想したのだろう。間違ってはいないが、そう邪険にするわけにもいかないと気を取り直す。

なんといっても彼は——遥斗の存在を教えてくれた、いわば恩人なのだから。

『約束って、まさかあの子とじゃないよな？』

確認するように問いかける瀬川に、思わず口許に苦い笑みが浮かんだ。咎《とが》める気持ちはわからなくもない。けれど、それならどうして遥斗のことを教えたのだ。

『彼』にそっくりな男がいる、そう聞けばこちらがどういう行動に出るか、長い付き合いならわからないはずがないのに。

責任転嫁《てんか》しながらも、知っていた。どういう行動に出るか予測できるからこそ瀬川はこうして電話をかけてきて、約束が遥斗とのものではないかなどと尋ねているのだ。

「違う」

『……それならいい』

端的に答えた佳明に、瀬川は数秒の間のあと言った。嘘をついていると決めつけてはいないだろうが、半信半疑なのだろうと嫌でもわかる。

佳明と瀬川と、あともう一人、真鶴史紀《まなづるふみのり》。三人は都内でも有数の進学校である中学高校の同級生だった。

勉強が相当でき、高身長で容姿も恵まれた佳明と瀬川だったが、史紀はある意味別格だった。

中学一年の頃は美少女と見紛うほどの美貌《びぼう》に物怖《ものお》じしないはっきりとした言動、何より超がつくほどの資産家の生まれのせいか、生来の華やかさがあった。

史紀の実家は、旧財閥の流れを汲《く》む名家だ。しかも、血筋がいいだけで実態は一般庶民と変わらないという名ばかりの家ではなく、国内有数の資産家だった。血縁者には政治家や名誉職も多く、史紀にも同い年の学生とは違う風格のようなものが備わっていた。

大切に育てられた名家の子息らしく品があり、多少の我儘《わがまま》も佳明には可愛く映った。恵まれた環境にいる自覚は幼少期から持っていて、羨望《せんぼう》ややっかみの視線にも慣れているらしく、枝葉にはこだわらない鷹揚な性格だった。使用人に囲まれて育ったためか、態度がどことなく尊大なところが反感を買うことも少なくなかった一方、容姿のせいだけでなく人を惹《ひ》きつける天性の魅力があり、嫉妬《しっと》する以上に憧れ慕う者の方が圧倒的に多かった。

血筋や生育環境もあるだろうが、史紀にはリーダーシップがあり、学校行事で率先して活動しては盛況に導いていた。ただでさえ目立つのに本人も注目を浴びるのに悪い気がしない性分で、イベントの中心に必ずいた。

自尊心も高く、ただ甘やかされただけのお坊ちゃんに思われるのは我慢ならないようで、学業や稽古事《けいこごと》には手を抜かなかった。将来は真鶴家の一員として家に貢献しなければいけないと自負しており、遊びも勉強も含めて学生時代を無駄にすることなく過ごそうとしているのは傍《はた》から見てもよくわかった。

独特の存在感を放つ史紀に佳明が惹かれたのは、当然の成り行きだったのかもしれない。

彼の友人でいたいという気持ちは、いつしか彼の特別になりたいという恋へと変わった。佳明に同性愛者としての自覚は一切なかったが、史紀だけは別だった。彼のような人間と同い年で出会えた奇跡を思えば胸が震え、その昂揚《こうよう》の前では性別など取るに足らない些細な問題だとしか思えなかったのだ。

表面上の性格や表情だけでなく、史紀のすべてを知りたいという渇望《かつぼう》に衝き動かされ、大勢の友人の一人から特別な存在になれるまでに要した期間は三年。

頭の回転が速く見目もいい佳明から寄せられる想いに、史紀の方も満更《まんざら》ではなかったようだ。中学の三年間で徐々に詰められた距離は、高校一年の夏休みに一線を越えたことでゼロになった。以降、他人には絶対に知られてはならない秘密の関係が続いた。

二人の仲を知るのは、共通の友人である瀬川だけだった。

異性相手なら苦労はしない素養を佳明も史紀も持ち合わせていたが、さすがに同性同士となると想いを通わせるまでに幾つかのプロセスが必要で、その折々に頼れるのは瀬川しかいなかったせいだ。

付き合う前の煩悶《はんもん》や、付き合ってからの愚痴や惚気《のろけ》などをすべて聞いてくれ、人目を憚《はばか》る二人の関係をさり気なくフォローし続けてくれた瀬川は、二人にとってかけがえのない友人となっていった。

男同士という問題や史紀の育った環境から、瀬川は一貫して二人の交際に反対の立場を取っていた。それでも、たまに釘《くぎ》を刺《さ》すような苦言を呈することはあれど、基本的には見守る姿勢を選んだようだ。ときに窘《たしな》め、ときに呆《あき》れながらもよき話し相手となってくれた瀬川には、佳明も感謝と信頼を寄せていた。

三人が通った学校は中学から大学までのエスカレーター式だったが、大学は全員外部受験した。佳明は私立の医学部へ、瀬川は国立の政経学部へ。私立といえど佳明の進学した大学の医学部は下手な国立医学部よりも偏差値が高いことで有名で、瀬川も国内最高峰の国立大学にストレートで合格した。

そして残る一人、史紀は佳明とは別の私立大学に進学した。

思春期の感受性に任せて、情熱的な喧嘩と愛の再確認を繰り返していた佳明と史紀の危うい恋は、高校三年間という交際期間も手伝って大学生の頃は円熟しており、まさに蜜月と呼ぶに相応しい時間を重ねた。気持ちが昂《たかぶ》りすぎて互いに傷つけ合うこともうなく、二人で過ごすことが当たり前の空気を作り上げていた。

史紀は相変わらず、大学の勉強のほかに家で家庭教師から経営学や語学を学び、佳明は多忙なことで知られる医学部で熱心に講義を受けた。会える時間は少なくなったものの、その短さが逢瀬の密度を濃くして、このままずっと一緒にいられる相手だと確信していたのに。

「……」

袖口から覗《のぞ》く腕時計に視線を落とし、佳明は鞄《かばん》を手にすると自分に宛てがわれている個室を出た。ちょうど通りがかった事務員が丁寧に頭を下げるのに軽く挨拶し、廊下を歩く。

瀬川の電話で昔のことを思い出してしまい、口許《くちもと》には自然と、苦い笑みが浮かんだ。

史紀から別れを告げられたのは、大学四年の冬だ。医学部の佳明は六年次まであるから例年と変わりない冬だったが、史紀は卒業を控えた年だった。

卒業するから、もう関係も終わらせないとならない——涙も見せず淡々と、史紀はそう言った。

史紀が身を置く環境が環境なだけに、社会人となってから二人の関係はどうなるのだろうかという危惧は、常に佳明の心の片隅にあった。それでも、あくまで『片隅』であって頭の中を完全に占《し》めているわけではなかったのは、史紀が三男で跡取りではなかったからだ。

出会ってから十年、人目を忍ぶ関係になってから七年。それなりに危機もあったが、それ以上に互いへの気持ちが強く、年月を重ねれば重ねるほど別れの実感は薄れていった。重ねた時間が本物であると胸を張って言えたし、それはおそらく史紀も同じだっただろう。けれどやはり家を優先すると当然のように考えていた史紀の意志を変えることは、佳明にはどうしてもできなかった。

寝る間も惜しんで勉学や校内活動に励《はげ》んでいた姿をよく知る佳明は、別れを切り出した史紀がすっかり大人びた顔をしていることに初めて気づき、そして中学から大学の十年間が彼に唯一与えられた自由時間だったからこそ、あんなにも濃密な時間を過ごそうと努力していたのだと悟った。

それはとても切なく、また能天気にも永遠に続く関係を夢見た己の浅はかさを自覚することにもなったけれど。

「橘高先生、お疲れさまです」

「お疲れさま」

受付の女子事務員に笑顔で見送られ、佳明はフロアを出た。ガラス製のドアを閉めるとき、『杏美美容外科クリニック』と貼られた医院名が視界に入る。

医師を目指したことに特別な思い入れがあったわけではなく、単に高年収の職業に就《つ》きたかったためだ。史紀に相応しい相手にならなければ、その一心で選んだ職だった。だから医師免許を取得して勤務医としてしばらく臨床経験を積んだあと、医師の中でもっとも若いうちから高収入を得られる美容整形業界に転職した。

医学部の四年生だったときに史紀とは別れたので、高収入にこだわる必要はなかったし、いかに高給取りの美容外科医とはいえ、史紀のような資産家とは桁が違って比べ物にならないことも理解していた。

それでもこうして美容外科医を続けているのは、自分の心のどこかに「もしかしたら」と復縁への未練が残っているせいかもしれないし、高収入を手放すことで万に一つでも残された可能性さえ捨ててしまうような気がしているからかもしれない。

史紀と別れてからそれなりに女性とも交際したが、誰一人として彼を忘れさせてくれる人はいなかった。覇気《はき》がなく、淡々と生きている佳明を見て、二人は別れた方がいいと最初から言っていた瀬川も、さすがに心配する有り様だった。

だから、職場近くのカフェを訪れたところ史紀と瓜二つの青年がいたと、瀬川は思わず連絡してしまったのだろう。

あの真鶴家と関係がある人間ならこんなところでアルバイトをしているはずがないと思いながらも、史紀の血縁者でないと俄《にわか》には信じられないほど似ていたので思わず確認してしまったと、瀬川は言った。

苦笑交じりの声に、微かに興奮が紛れているのは、長い付き合いだからすぐわかった。

瀬川はただの世間話として話したつもりだと知りながら、佳明はすぐに確認のために店へ行った。行かずにはいられなかった。

遥斗と顔を合わせて、佳明は瀬川がなぜあんなにも驚いていたのかを理解した。

——誇張ではなく、本当に似ていた。

特に、佳明は大学卒業後の史紀と直接顔を合わせたことがないため、大人になった史紀の姿を直接見たことはない。遥斗は別れた当時の二十二歳の史紀とまったく変わらない容貌で、余計に胸が掻き乱された。

姑息《こそく》な手を使って遥斗の服を汚したのは、どうしても親しくなるきっかけが欲しかったからだ。

遥斗は史紀と顔はそっくりなのに、性格は正反対といっていいほど違っている。大人しく控えめで、消極的だった。年齢も職業も違う自分たち二人が親しくなるには、それなりの手順を踏まなければならなかった。

住んでいるマンションとも勤務先のクリニックとも離れたカフェに通い、遥斗と自然に挨拶を交わせるようになり、挨拶以外の話を振っても気負わずに応えてくれるようになり――そして。

もう一度腕時計を見ると、佳明はビルを出て地下鉄の駅に向かう。瀬川には違うと言ったが、これから遥斗と食事をするのだ。

絶対に逃がしたくなかったから慎重に事を運んだお陰で、夕食に誘っても断られなかった。こちらを見る彼の目に、ひどく慕わしげな色がときどき覗くようになったのにも気づいている。

佳明は同性愛者ではないが、遥斗はどうも違うようだった。同性しか駄目なのか、異性と同性の両方が恋愛対象なのかはわからないが、会話の端々やちょっとした仕種《しぐさ》から押せば落とせそうな気配を感じる。

決して男が好きなわけではない佳明だが、遥斗だったら構わなかった。彼は、唯一同性でも付き合いたいと願った史紀に生き写しだ。まったくの別人だと頭ではわかっていても、史紀にもっとも惹かれた要因である性格が正反対だとしても、求めずにはいられない。

地下鉄の改札に続く階段を下りる佳明の足取りは、意識せずとも自然に軽くなった。

外資系ホテルの上階のレストランで、佳明は遥斗と向かい合わせに座っていた。すぐ傍のガラス窓からは都心のきらめきが散らばっているのが見える。

本当はこんな型どおりの店ではなく、あまり人に知られていない小ぢんまりとしたレストランにしたかったのだが、よく利用する店が満席だったために叶わなかった。事前に予約をしなかったのは、遥斗の好みがわからなかったせいだ。

もちろん今夜の約束を取り付ける際にそれとなく聞いたが、なんでも好きですという無難な返事しか得られなかった。

本当に好き嫌いがないならいいが、和洋中の好みくらいあるだろうと待ち合わせ場所で落ち合ってから探ってみた。しかし返事は同じで、「橘高先生のお好きなお店で」と控えめな笑顔で言われただけだ。緊張しているのは痛いほど伝わったが、自分のしたいことや考えをはっきりと述べる史紀を思うと、同じ顔で当たり障りのないことしか言わない遥斗が少し歯痒《はがゆ》い。

遥斗があまり飲めないと言うのでワインはハーフしか頼まなかったが、会話は概《おおむ》ねいい雰囲気で流れた。口数は少なくても、遥斗は尋ねられたことは素直に答えてくれる。

メイン料理が運ばれてきた頃、ようやく緊張が薄れてきたのか、初めて遥斗から質問してきた。

「美……、橘高先生のお仕事って、どんな感じなんですか？」

見合いばりの無難な質問だったが、高級店らしくテーブルが離れているとはいえ周囲に人がいるから慮《おもんぱか》ったのだろう、『美容外科』とはっきり口にしなかった遥斗に佳明は穏やかな笑みを浮かべて返す。

「たぶん遥斗くんがイメージしてる一般的な『医者』と変わらないよ。診察して、手術して、患者さんの悪いところを治す。それだけ」

「悪いところ……」

独りごち、フォークとナイフを繰る手を止めて考える様子を見せた遥斗に、佳明はワイングラスを手にして事もなげに言った。

「厳密に言えば『悪いところ』じゃないな。放置しといたって、歩けなくなるとか死ぬとかそういうわけじゃないし。ただ、大半の人ってコンプレックスがあるもので、人によってはその部分が気になって気になって仕方なくて、コンプレックスのせいで人に会いたくないとか気に病みすぎて本当に身体悪くしたりとかある。その気になる部分を少し取り除いてあげたら明るくなって心が健康になるから、そういう意味で『悪いところ』を治すっていうこと」

ワイングラスを傾け、佳明は納得したように頷く遥斗の顔を薄いガラス越しに眺めた。

正面に座る青年の面立ちに、厭《いと》わしい部分は一つもない。はっきりした二重瞼《まぶた》だが甘くなりすぎない程度に眦《まなじり》が切れ上がり、鼻梁《びりょう》は細く真っ直ぐで、頬も顎《あご》もすっきりしている。薄く色づいた口唇からときおり覗く歯並びも美しい。

カトラリーを動かすために伏せられた長い睫毛を見つめていると、懐かしい面影が遥斗に重なった。

学生時代の交際だったが、史紀と食事をするときはいつも佳明にとってかなり背伸びした店ばかりだった。ファストフード店にもろくに行ったことのなかった史紀だから、致し方ないといえば致し方ない。佳明はアルバイトの必要性に駆られたが、それを苦だとは思わなかった。働いている間、この賃金が史紀とのデート代になると思うと、それだけで嬉しかったのだ。

青い、想い出。苦もなくこういう店に来られるようになった今、史紀はいない。

視線の先で、遥斗が顔を上げた。思わず史紀と呼びそうになって、佳明は寸でのところで声を呑み込む。

対面に座る男が自分を通して何を見ているのか知る由もない遥斗は、ほんの僅か首を傾げて尋ねた。

「お医者さんって忙しいとよく聞きますけど、橘高先生もなかなか休み取れないんですか？」

就職前に別れた史紀ならするはずもない質問に、大人になって再会することができたならこんな質問をしてくれただろうかとちらりと過《よぎ》った。グラスをテーブルに戻し、佳明は表情を変えずに答える。

「そうでもないよ。まぁ俺は勤務医といっても私立のクリニックだから、大学病院なんかに勤めてる人よりは勤務時間がきっちりしてる方かな。診察も手術も完全予約制だし、基本的に当直はないし」

「じゃあ土日がお休みですか？」

「いや。週休二日だけどクリニック自体は土日もやってるからシフト制。ほら、会社員とか休日じゃないと来られないし。傷病休暇取れる症状じゃないから」

「そうか……そうですよね」

興味深そうな表情で頷く遥斗を見て、今度は佳明が尋ねた。

「美容整形に、興味がある？」

「あ、いいえ。橘高先生が、どんなふうにお仕事されてるのかなって……」

言いかけて、遥斗がはっとしたように口を噤んだ。正面の佳明を見つめ、みるみるうちに首筋を染める様を見て、胸がさざめく。

間違いなく、遥斗は好意を抱いている。

失言を恥《は》じているような態度に、口唇が震えた。今の遥斗の表情は、どんなときでも自信満々で勝気だった史紀とはまったく似通っていなかったが、それでも熱いものが込み上げてきた。別れて十年が経った今もなお忘れられない昔の恋人と、瓜二つの青年から秋波《しゅうは》を寄せられている。

それはこの上ない喜びだった。

ちらりと視線を上げた遥斗が、見つめられていることに気づいてすぐに目を伏せる。

もっと堂々と見つめ返してほしい。挑発的にこちらを見て、感じていることをすべて表してほしい。

別人だと頭ではわかっていながら昔の面影をつい追ってしまう己に自嘲《じちょう》し、けれどそれを微塵も表情には出さずに、佳明は食事を進めた。

メインの皿を下げてもらい、デザート、コーヒーと続く間、会話は殆どなかった。遥斗が先ほどの自分の言葉を相手がどう捉《とら》えているか気にしているのはわかっていた。スマートに会計を済ませ、佳明は遥斗を誘って店を出る。

ホテルの廊下に出たとき、遥斗が慌てた様子で財布を出す。

「半分出します」

「いい。俺が誘ったから」

「でも」

「歳も俺の方がずいぶん上だから。な？」

なおも出そうとする遥斗を強引に制し、佳明はエレベーターホールに向かった。すぐにやってきた箱に乗り込み、二人きりの空間で間を詰める。

恐縮している遥斗がこちらを見上げたのをきっかけに、佳明は誰もいないエレベーターの中で告げた。

「遥斗くん、今付き合ってる相手とかいる？」

「えっ？」

「いないなら、俺と付き合ってくれませんか」

「――……」

簡潔に、そして丁寧に告白した佳明を、遥斗は呆然《ぼうぜん》と見上げていた。なめらかなその頬にそっと手を添えると、びくりと緊張したのが伝わってくる。

心持ち身体を引いて、遥斗はつっかえながら呟《つぶや》いた。

「だ……誰とも付き合ってないです、けど……どうして橘高先生が」

「少しずつ話をしていくうち、好きになったんだ」

ひと目見た瞬間から目を奪われた美貌を熱っぽい眼差しで射て、佳明は続けた。

「初めて見たときから惹かれてた。俺の理想そのままで……だから、付き合ってくれると嬉しい」

遥斗は相変わらず固まったままだ。

初めて会ってから二ヵ月ほど。実際に言葉を交わしていくうち、遥斗も満更ではないのかもという雰囲気を感じるようになった。引っ込み思案な性格はすぐにわかったから、それなりに時間をかけて誠実さを見せ、機が熟すまで待ったつもりだ。

何も言わない遥斗が、ふと俯《うつむ》く。それと同時に浮遊感が急激に重いものに変わり、エレベーター内に柔らかいチャイムの音が響いた。ロビーフロアに到着したのだ。

「あの、……」

言いかけた遥斗だったが、ドアが開いたのを見て再び口を噤んでしまった。

僅かに染まった頬、潤《うる》んだ瞳を見つめ、佳明は誰もエレベーターを待っていないことを確認すると、中から出ないままクローズボタンを押した。適当な階のボタンを押せば、箱は再び上昇していく。

困惑した表情で階数表示ランプを見上げている遥斗の耳に口唇を寄せ、佳明は囁《ささや》いた。

「返事、聞かせて」

「……、……」

「俺以外誰もいないから。聞かせて」

辛抱強く待っていると、やがて頑《かたく》なに数字を見ていた遥斗の目が僅かに揺れた。佳明が適当に押したボタンの階に、もうすぐ到着する。

もう一度扉が開いてしまえば、もうこの空気も変わってきっかけを失うと思ったのだろう、遥斗が震える口唇を開いた。

「好き、です。僕も橘高先生のことが――」

「遥斗」

初めて名前を呼び捨てにすると、うろうろと目線を彷徨《さまよ》わせていた遥斗がようやく佳明を見つめた。

エレベーターが止まり、扉が開く。誰もいない閑散とした客室フロアのエレベーターホールが外に広がり、佳明は遥斗の腰を抱くようにして強引にエレベーターから降りた。

六基あるエレベーターの扉と、隅に置かれた花瓶の載ったコンソールテーブルが一つ。それ以外何もない空間で、佳明は遥斗の肩を引き寄せると、震えるその口唇に自分のそれを柔らかく重ねる。

「……っ」

びくりと戦慄《わなな》いた肩をさらに強く抱き寄せ、佳明は胸が痺《しび》れるほどの昂揚に目を閉じた。

——美容外科医として働く佳明にとって、顔の美醜などどうでもいい問題だった。

数え切れないほどの患者と接してきたから知っている。美とは確実なものであり、そして曖昧なものでもある。

一重より二重の目、低いよりも高い鼻。大衆がどちらかを選べと言われたら、答えはゼロと百にはならないまでも、極端に片方に偏《かたよ》るだろう。佳明自身、大多数の美の基準を念頭に置いて患者の希望とのすり合わせを行い、執刀する。

でもそれが正解というわけではない。

女優の顔にだって、流行がある。美人の定義も、数年ごとに移りゆく。何より、人には好みというものがある。流行や好みは千差万別だから、一つだけの正解なんて存在しない。

誰が見ても美人だと口を揃えて言うだろう面立ちの女性が、それでも僅かな頬の高さに夜も眠れないほど悩んでいたり。その一方で、お世辞にも美しいとは言えない女性が、個性的な顔立ちを逆手に取ってコケティッシュな雰囲気を堂々と前面に押し出して得も言われぬ魅力を醸し出していたり。

気の持ちよう一つで、欠点は魅力にもなるし長所はコンプレックスにもなる。

だから、万人に好かれる美など存在しないし、本当にどうでもいいことなのだ。心を寄せる相手ただ一人に好ましく映っていれば、それでいい。

美しいか醜いかではなく、似ているか似ていないかだ。もしも史紀が美貌の持ち主ではなく平凡な顔立ちだったなら、自分はそれを求め続ける。

「……綺麗だ」

かすれた声で囁いて、佳明は遥斗の顔を両の掌《てのひら》で包み込んだ。かつて深く愛した面影が、ここにある。

まだ幻を見ているようで、強く包み込めば壊してしまいそうで、自然に恐る恐るといった仕種になった。メスを握るときも気負わない自分の指先が、今は微かに震えてすらいることも知っていた。

こちらを見つめる大きな瞳が、揺れている。ややブラウンがかった、澄んだ瞳。求め続けた勝気さも挑発的な視線もそこにはなかったが、形は本当に生き写しだった。この瞳に自分が映るのは、二十二で史紀と別れてから十年ぶりのことだった。

「佳明さ……」

「佳明って、呼んで」

「佳……」

請うておきながら、最後まで言わさずに口唇を塞《ふさ》ぐ。

柔らかい口唇が重なった瞬間、頬に添えたままの掌が遥斗の緊張を伝えてきた。けれど、佳明は離さなかった。一度だけ軽く啄《ついば》んだあと、少し角度を変えて再び口づけ、今度はたっぷりと塞いだ。

遥斗の口唇の柔らかさも、過去に数え切れないほど味わった感触と同じだった。

もちろん、もともと異性愛者である佳明が同性と口唇を重ねたのは、史紀と遥斗の二人だけだ。男性の口の大きさは女性と違うし、グロスなども引いていないから似たような感覚を抱くのかもしれない。

けれど、頭の中の冷静な部分ではそう理解しつつも、夢中になるのは止められなかった。

恋い焦がれて、別れてもなお大事に想っている口唇が、今手の届く場所にある。

胸が苦しくなるほどの感動と寂寥《せきりょう》感《かん》が押し寄せ、それに衝き動かされるままに佳明は遥人の身体を腕に抱き込んだ。

＊＊＊

「襟足《えりあし》はどうされますか？」

「短くしてください」

「短く……、さっきのオーダー内容だと、襟足も少し長めの方がバランス取れると思いますけど、こんくらいとかどうすかね」

「じゃあそれでお願いします」

シャキ、と鋏《はさみ》が入る音がして、遥斗は所在なげに視線を彷徨わせた。普段は長めの前髪で顔があまり出ていないのに、今はクリップで留められているため額全開だ。よく磨かれた正面の鏡に映る自分を正視できず、ついうろうろと目を泳がせてしまう。

普段は「適当に短くしてください」とだけ頼み、あとは雑誌を捲っているだけなのだが、今回はそうもいかなかった。佳明から具体的な髪形の希望を聞いたせいだ。

『前髪が全部かぶってるんじゃなくて、額が一部出てる方がいいな。トップは長めでいいけど、耳周りや襟足はすっきりさせて清潔感ある感じで』

やけに細かいと思ったが、美容外科医として審美眼に優れている彼のことだ、それが自分にいちばん似合う髪形なのだろうと思った遥斗は素直に頷いた。しかしいざ美容院に来ると、詳細までオーダーするのが恥ずかしかった。

美容師は逆に、いつも髪に興味のなさそうな遥斗のオーダーが変わったものだから嬉しいらしい。前から口数の多い美容師で――腕はいいと思うのだが、大人しい遥斗には少し気疲れする相手である――カット中も何かと話しかけてくるが、今日はいつもの比ではない。雑誌に視線を落としていようが、どんどん喋りかけてくる。
「彼女でもできたとか？」
「えっ⁉」
「あーいや、平井くんこれまでずっと地味めな髪形だったから」
毎回カット前にカタログを見せて熱心にいろいろ勧めては、遥斗の「いつもの感じで」という
オーダーに落胆していたらしい美容師は、楽しそうに鋏を動かした。
「どこでこの髪形見て、こうしようって思ったの？」
「あ……いえ、なんとなく……。そう、なんとなく」
「なんとなくなんだ？　ちょっと古いカットだけど、それが逆にいい感じだよね。いいとこのお
坊ちゃんって感じで……平井くんの小顔に似合ってる」
頻《しき》りに誉め言葉を散らされ、遥斗は恥ずかしくて居たたまれない気持ちになった。正面の鏡の
中の自分を正視することすらできず、どうしても目を伏せてしまう。
けれど、その賞賛がちょっぴり嬉しかったのも事実だ。
自分が誉められたからではない。美容外科医として、佳明が確かな審美眼を持っているという
ことの証明だからだ。
恋人の顔を見て、こういう髪形だったら似合うよとアドバイスをくれた、できたばかりの初め
ての恋人。プロの美容師が、オーダーされたヘアスタイルは遥斗の顔に合っていると断言するた

び、佳明が誉められているようで誇らしくなる。

下から上へ、そして前髪へ。手際良く鋏が動くたび、ケープに結構な量の髪が落ちた。やがて鋏を置いた美容師が丁寧にブローして、最後の仕上げとして僅かに飛び出た毛先を落としていく。

「はい、終わり。お疲れさまでした。——どう？」

「……はい」

「すごくかっこよくなったよ」

自画自賛とばかりに頷いている美容師に照れ笑いを返して、遥斗は支払いを済ませると店を出た。

オーダーが細かかったせいか、時間がぎりぎりだ。余裕を見ておいてよかったと安堵し、待ち合わせ先に向かうと、既に着いていた中谷が手を上げる。

駆け寄るよりも早く、中谷が驚いたように言った。

「うわすげ、なんか別人じゃん」

「へ、変かな」

「全然！　こっちの方が断然いい。……つか平井、イケメンだったんだな」

まじまじと見つめられ、遥斗は慌てて首を振る。

「そんなことない。行こう」

「ん。……あー、それにしてもびっくりした。そんなイケメンなのに、なんで今まであんな地味な髪形してたんだよ。今ならナンパも楽勝じゃん」

こちらをちらちら見ている二人連れの女の子を視線で示され、耐えられなくなった遥斗は中谷を連れて強引に歩き出した。今日はゼミで必要な本を買いに行くのだ。

しかし中谷は遥斗の羞恥《しゅうち》が理解できないらしく、道中も盛んに誉めそやした。

「平井、もしかして彼女できた？」

美容師と同じことを尋ねられ、首を左右に振って否定する。

——佳明とのことは、誰にも言いたくなかった。

男同士だからということももちろんあるが、憧れの相手からまさかの告白を受けて、一ヵ月ほど経った今もとても幸せで。けれど反面、上手くいきすぎていて怖いような気もしている。どこか儚《はかな》く思える今の幸せを誰かに打ち明けたら掻き消えてしまいそうで、遥斗は親友の中谷にもぼかして伝えることすらしていないのだった。

中谷はしばらく訝しげな顔で見ていたが、やがて合点がいったように頷いた。

「そっか、就活終わったからか。あー俺も早く内定もらって髪伸ばそ」

「う、うん」

勘違いしてくれたことにほっとして、二人で目的の大型書店に足を踏み入れ、三階の学術書コーナーに向かう。

指定された本はすぐに見つかったので、互いに一冊ずつそれを手にしつつ、しばらくうろうろした。ほかに参考になりそうな本はないかと物色しながら、けれど遥斗の脳裏は佳明のことが占めているせいで注意力散漫で、背表紙のタイトルが視界を滑っていくだけだ。

エレベーターの中で告白されてからというもの、佳明は変わらず週に二度のペースでアルバイト先のカフェに来てくれた。これまでとは逆に会話をすることは殆どなく、ただ遥斗が終わる時間になると佳明も店を出て、二人で食事したりレイトショーを観たり。

ありきたりで平凡なデートだが、同性しか好きになれないというハードルの高さと生来の消極性からこれまで誰とも付き合ったことのなかった遥斗にとって、どれも素晴らしい時間だった。

そういえば、と先日の会話をふと思い出す。

デートの最後、マンションまで送ろうとする佳明を女性ではないからと遥斗が固辞するため、いつもデート帰りの乗換駅など適当なところで別れていた。その晩も複数線が乗り入れている駅で別れ際、佳明の最寄り駅を聞いたのだ。

帰ってきた答えは遥斗の予想と全然違う方向だった。

出逢いの場所となったアルバイト先のカフェは、佳明のマンションとも勤務先のクリニックとも離れている。最初の晩、なぜ店に来たのか尋ねたところ、近くに用があって帰りにたまたま寄ったとのことだった。それから今の関係になったと思うと、遥斗にしてみれば偶然というより運命で、驚きと喜びで胸がいっぱいになった。さすがに口にするのは恥ずかしかったので、佳明には「そうだったんですか」と言うにとどめた。

ところが、ひっそり感動している遥斗に、佳明はとんでもないことを言ったのだった。

『住んでるところに興味持ってくれたんだ。今度の木曜、休みだから遊びにおいで』

『……え？』

『外で会うのも楽しいけど、たまには部屋でのんびりするのも悪くないだろ？』

遥斗は学生、しかも就職の内定をもらった四年生なので比較的時間があるが、社会人の佳明はそうでもない。でも、遥斗はすぐに頷けなかった。交際中の相手から部屋に誘われる――恋愛経験は限りなく低くても、それが何を意味するのか、わからないほど馬鹿ではない。

首筋を紅くして俯いてしまった遥斗に、佳明は苦笑しただけだった。けれど見逃してはくれず、耳許で『木曜日』と念を押した。思わず頷いて、そのあともっと動揺して、遥斗はやってきた地下鉄に逃げるように乗り込んだのだ。

明後日はその木曜日。

「……い、平井」

「――!?」

物思いに耽《ふけ》っているところに突然名前を呼ばれ、遥斗は弾かれたように顔を上げた。見れば、数冊の本を手にした中谷が呆れたように立っている。

「何ボーッとしてんだよ。……やっぱ彼女できたんだろ」

「ち、ちが」

「早く会計してマックでも行こうぜ。本屋の中で思い出すほどの彼女の話、ゆっくり聞いてやるからさ〜」

人の悪い笑みでレジに連れていかれ、遥斗は弱り果てつつ財布を出した。

*

いつものように食事をして、しかしいつも別れる駅には行かず、二人で佳明の部屋に向かう。

佳明のマンションは、地下鉄の駅から程近いところにある八階建ての建物だった。

遥斗の住む賃貸マンションも八階建てだが、明らかに物《もの》が違っていた。外観は当然のことながら、日中は管理人が常駐しているらしいエントランスは広く、メールルームはチラシなどが散乱していることもない。

外観に対してポストの数の少なさに驚き、同時に一戸当たりの平米数が自分の部屋とはまったく違うのだと理解した。

佳明は興味なさそうにポストの中身をひとまとめにすると、確認すらせずに遥斗をエレベーターに誘《いざな》う。

最上階の八階で降りた佳明は、廊下の真ん中辺りのドアを開けた。

「……お邪魔します」

「どうぞ」

にこやかに言う佳明に促されて窮屈感の微塵もない玄関で靴を脱げば、続いて上がった佳明が簡単に中を説明してくれた。

「トイレはここ。洗面所はこっち。突き当たりがリビング」

「……はい」

ドアはほかにもあったが、書斎や寝室なのだろう、特に説明はされなかった。どう見てもファミリー向けの物件のような気がしたが、フローリングの色が濃かったり廊下とリビングを隔てるドアが磨りガラス一枚だったり、子どもがいる住人を想定していないように思える。

佳明のように収入が高い独身か、もしくは子どものいない夫婦などが入居者に多いのだろうかと思いつつ、遥斗は案内されたリビングに入った。

リビングは殺風景なほどシンプルで最低限の家具しかなかったが、綺麗に掃除されていた。着ているシャツがいつもピシッとしていたり、靴や鞄がすり減ったりしていないことから几《き》帳面《ちょうめん》な性格なのだと思っていたが、間違ってはいなかったようだ。

「何飲む？　ビール？」

「あ、いえ、お茶か何かあれば……」

「お茶はないなぁ」

わざと悪戯《いたずら》っ子のように笑いかけられ、初めて恋人の部屋に招かれてお茶を所望《しょもう》した行為がおかしいのだと気がついた。恥ずかしさに目を泳がせていると、佳明はワインのボトルと、冷蔵庫から出した個包装されたチーズを持ってくる。

「一杯だけね」

あまりアルコールを嗜《たしな》まない遥斗に笑いかけ、佳明は遥斗をソファに座らせると隣に座った。ぴたりと密着するのではなく、よそよそしくはないが触れはしない距離だった。

「……佳明さん、いつもワインとか置いてるんですか？」

沈黙が怖くて質問すると、佳明は二つ並べたグラスに薄い色のついた液体を手際よく注ぎながら答える。

「置いてない。今日は遥斗が来るから」

「え、あの」

「というのは冗談で、ビールは完備でワインなんかもたまに置いてるよ。もらいものが大半だけど」

だからこれも美味いかどうかわからないんだ、と断り、佳明は遥斗に持たせたグラスに自分のグラスを軽く触れ合わせた。しかし、ムードも何もなくチーズの包装紙を捲りながら話し始める。

「院長がよくくれるから」

「そうなんですね。いい人ですね」

「いい人というか、単に海外旅行が好きで自分が飲めないから土産に買ってくるだけじゃないかな。……遥斗は海外旅行は？」

「行ったことないです。国内はたまに……ゼミ合宿とかあるし」

「へぇ、合宿なんてあるんだ？　俺医学部だったけどあったかな……旅行は結構行ったけど、プライベートばかりで合宿とかそういうのはなかった気がする」

昔のことすぎてあんまり憶えてないよと言った佳明に小さく笑って、遥斗もグラスに口をつけた。緊張しないよう当たり障りのない会話をしてくれているのだとわかって、嬉しかった。

合宿ではどこに行ったのか、その土地の何を食べたのかなど質問され、遥斗も答える傍《かたわ》ら佳明の海外旅行話を聞いた。学生時代からよく行っていたようで、内心驚いた。

遥斗が海外に行ったことがないのは、単純に旅費が高いからだ。数日で十万単位が消えると思うと行く気になれない。佳明は大学時代にあちこち行ったようで、職業が医者という以前に実家が裕福なのだろうと思った。

「最近は忙しくてあんまり行ってないけど」

残念そうに言った佳明に、尋ねる。

「大学時代は、やっぱり友達と行ったんですか？」

――遥斗にしてみれば流れで口にした深い意味のない質問だったのだが、佳明はその問いに一瞬口を噤んだ。しかし次の瞬間身体の向きを変えて遥斗と向かい合い、事もなげに頷く。

「そうだね、――友達」

刹那訪れた沈黙が何を意味するのか考えた遥斗は、すぐに思い当たった。友達とももちろん行っただろうが、当時交際していた恋人と行ったと考えるのが妥当だろう。

恋愛経験の浅さから馬鹿な質問をしてしまった恥ずかしさと、さらりと答えてワインを注ぎ足す佳明への感謝が混ざり、遥斗は手持ち無沙汰に手にしていたグラスの中身を一気に飲み干す。

その様子を見て、佳明が驚いたように言った。

「急に飲んで大丈夫?」

「だ、大丈夫です」

「なんでいきなり全部」

呆れながらもすぐに水を入れてくれ、それから佳明は腕時計に視線を落とす。

「もうこんな時間か。先にシャワー浴びる?」

「えっ?　あ――は、い」

「じゃあ行こう」

まるで「何食べる?」というときと同じような口調で聞かれたので、不自然な返事になってしまった。これからの時間に意識を集中させていると自白したも同様で、遥斗は居たたまれない気持ちで佳明のあとをついていく。

佳明は簡単にシャワーの使い方を説明したあと、造りつけの棚からタオルを出して渡してくれた。

「ゆっくりしてていいから。俺はもう少し飲んでるし」

「はい」

頷き、ぱたんと扉が閉められたあと、遥斗はその場に佇んだ。心臓が口から飛び出してしまうのではないかと思うほど、鼓動が強くて頭がおかしくなりそうだ。

服を脱ぎ、隅々まで洗った。いつも自宅でシャワーを浴びるときとは比較にならないほど時間をかけて、念入りに洗う。

どきどきしながらシャワールームから出ると、すぐわかるところにパジャマが置いてあった。新品ではないが、洗濯されたものだ。パジャマの下に下着もあって、こちらは真新しいものだった。少し逡巡《しゅんじゅん》したが、遥斗は下着を穿《は》いてパジャマに袖を通した。

部屋に来て、シャワーまで借りて、このままただ寝るとは思っていない。もちろんそのつもりで来たし、今も不安はあれど恐怖や迷いは一切ない。

ただとにかく初めてのことなので、段取りがよくわかっていないのだった。こういうときパジャマをいったん着るべきなのか、どうせすぐ脱ぐのだから着ない方がいいのか。結局着たのは、佳明がわざわざ用意したのだから身につけた方がいいのだろうと判断したためだ。

当然のことながら、パジャマは少し大きかった。

髪も乾かしたかったが、ドライヤーは見えるところになかった。勝手にあちこち開けるのも悪いと思い、髪から雫《しずく》が落ちない程度にタオルで拭《ぬぐ》っただけで脱衣所を出る。

リビングに行くと、ソファでワインを飲みながら雑誌を読んでいた佳明が立ち上がった。

「使い方わかった?」

「はい」

「じゃあ俺も入ってこようかな」

伸びをしながら言う様は本当にリラックスしていて、自分だけ緊張しているのが恥ずかしくなる。

「好きにしてて。冷蔵庫に適当な飲み物入ってるし、テレビのリモコンはこれ」

事もなげに言って、佳明はすぐにバスルームに消えた。

ほどなくして水音が聞こえ、一人になった遥斗はほっと息をついた。やはりどうしても気が張ってしまう。あまりがちがちになっていると、逆に期待しているように映ってしまうことまでは、今の遥斗には思いつかなかった。

所在なげにソファに座り、沈黙に落ち着かなくなった遥斗はテレビをつけた。

適当にチャンネルを回したが、曜日のせいか時間帯のせいかニュースなどはやっておらず、やたらうるさいバラエティばかりだ。気分ではないのでザッピングした結果、二時間サスペンスで固定した。別に観たいわけではなく、そもそも途中から観てもさっぱりわけがわからないのだが、静かすぎずうるさすぎない番組だとこれしかないので仕方ない。

しばし、冷蔵庫からもらったペットボトルの水を片手にテレビを流し見していた遥斗は、不意に聞こえてきた『整形』という単語にどきりとする。

見れば、謎解きの最中だった。ラストシーンのそれではなく、中間あたりで一度疑問点を整理するためのシーンのようだ。

被害者は警察の追っていた人物ではなく、まったく別の人間が整形して成り済ましていたため人違いで殺されてしまったということらしい。

死体を解剖した法医学者役の俳優が喋っているのにいつしか真剣に聞き入っていた遥斗は、突然ソファが軋《きし》んだのにびっくりした。

「あ、観てたのか。悪い」

ソファの座面が動いたのはTシャツにラフなパンツ姿の佳明が隣に座ったためで、遥斗は慌てて首を振った。目の前の佳明の髪はかなり濡れているが、自分の髪はかぶりを振っても平気な程度には乾いている。テレビを凝視している間に結構な時間が経過していたらしい。

冷蔵庫から出した缶ビールのプルタブを引きながら、佳明はちらりとテレビ画面に視線を投げた。

「こういうの好き?」

「い、いいえ。適当にチャンネル回しただけです」

「そう。俺はたまに観るよ」

「えっ、なんか意外です」

「二時間ものは滅多に観ないけど、一時間なら。刑事ものはたいてい一話完結だから、仕事から帰って夕飯食べながら流すことがたまに」

「なるほど……刑事ものとか医者ものとか、途中からでも入りやすいですよね。……あ、本職のお医者さんなら医者ものは観ないか」

後半は独り言のように呟いた遥斗に、佳明が苦笑した。

「いや、観るよ。まぁ確かに気になることは多々あるけど」

そう言って、佳明はテレビ画面を再び眺めた。ドラマはちょうど、刑事たちが被害者の元の顔と整形した顔の写真を並べているところだった。

缶を傾けながら、佳明が言う。

「たとえば今のとか。あの元の顔から今の顔にはならないな」

「そうなんですか?」

「あぁ。整形すればどんな顔にもなれると思ってる人がたまにいるけど、なれる顔となれない顔がある」

「ふぅん……。知りませんでした」

「患者さんにもね、たまにいるな。タレントの誰々みたいになりたい、とかね。二重にしたり肌を綺麗にしたり、そういういわゆるプチ整形じゃなくて、骨を削る本格的なやつは患者さん自身も事前にかなりいろいろ調べた上で来る人が多いから、タレントの切り抜き持参で来るような人

は少数派ではあるけど
「もともと似てる顔ならなれるけど、全然違う顔にはなれないってことですか？」

遥斗の質問に、佳明は缶をローテーブルに置いて向き直った。

「そうじゃない。全然違う顔にだってなれる。今は技術が相当上がってて、大抵のことはできるから。ただ、額の形だけは変えられない。それが理由」

「額？」

「そう。厳密に言うと、ここからここのカーブ」

佳明の中指が、遥斗の眉間《みけん》に触れた。さっきまで缶ビールを持っていたせいか、指はひんやりしていた。

触れられて心拍数が上がる。そんな遥斗の目をじっと見据えたまま、佳明は眉の間に触れた中指を、そのまま額の上の髪の生え際まで真っ直ぐに滑らせた。擽《くすぐ》ったいような、少し奇妙な感覚だった。

「眉間のこの出っ張ったところから、その真上まで。頬や顎は削ることができるけど、ここのカーブは今の技術じゃ変えられない。目や鼻なんかのパーツはどうにでもなるけど、額が違うと輪郭も印象も違うから、似てるとは言い難い出来になる」

「……佳明さ……」

「つまり顔の骨格からフルで変えたいと思う場合、目や鼻がどんなに違っても、このカーブが近い人に似せることはできる。逆に、顔の個々のパーツがそっくりでも、ここがまったく違う人にはどうやったってなれない、ということ」

「……、……」

「どんなに『この顔がいい』って求めたって、そっくり同じになるのは本当に難しいことだ。だから——理想の顔立ちに骨格が似ているのは、奇跡なんだよ」

そう告げたときの佳明は、ひどく熱っぽい眼差しをしていた。

至近距離で瞳を覗き込まれ、無意識のうちに遥斗の喉《のど》が鳴った。水を飲んでいたはずなのに、やけに喉が渇いている気がした。

佳明の指はそのまま遥斗の生え際に沿うように動いていく。

こめかみで一度止まり、親指で眦を軽く押すようにそっと触れ、少し下がって今度は口唇の端を優しく撫でた。まるで遥斗の骨格を確認しているかのようだった。

自分を見つめる佳明の眸は、なぜか寂しそうに遥斗には映った。柔らかい手つきと愛情溢れる息遣い。けれど、その眸の奥に隙のない仄暗《ほのぐら》い光が宿っている気がして、肌触りのいい生地の下で身体が戦慄く。

急に、部屋の空気の密度が濃くなった気がした。

つい今し方まであんなに集中して観ていたはずのドラマの声が、今は遠く微かに聞こえるだけだ。

いつかは自分にも恋人ができるのだろうかと、心細く思っていた日々。

同性が好きだから、日常できっかけなんてそうそう訪れないとわかっていた。だから、同じ嗜好を持つ人たちが集まる界隈に行くなりしなければならないと思っていた。

けれど、頭では理解していても、そう簡単に勇気が湧いてくるはずもない。面白半分で囁かれる噂に二の足を踏んでしまい、高校時代は「大学生になったら」、大学生の今は「社会人になったら」と、先送りばかりしていた。

まさかこんな、些細な出来事がきっかけとなって普段の遥斗の生活では知り合う確率の低い人と親しくなり、今夜一線を越えようとしているなんて。

「……何考えてる？」

慈しむように親指の腹で遥斗の眦を撫でながら、佳明が低く優しい声で尋ねる。なされるがままに触れられながら、遥斗は揺れる眼差しで佳明を見つめた。

「佳明さんと……会えて、よかったと思って」

遥斗の言葉に、佳明の指が止まった。常は涼しげな切れ長の目が僅かに瞠られ、どきっとしたときだ。

大きな掌で左の頬を包まれ、佳明が顔を近づけてくる。

吐息の触れそうな至近距離で、かすれた声が流れた。

「俺も、会えて嬉しかった」

「佳明さ……」

「本当に――嬉しかった」

何かを押し殺したような、万感の想いが込められた声だった。

口唇を深く重ねられ、遥斗は目を瞬かせた。すぐに目を閉じ、キスを受け止める。

キスをしたまま口唇を舐《な》められ、驚いた瞬間、隙を衝くように佳明の舌が入り込んできた。初めてのことにどうすればいいか戸惑ったが、舌は傍若無人《ぼうじゃくぶじん》に動き回ったりせず、怯《おび》えて静止したままの遥斗の舌に優しく触れるだけだ。

濡れた感触が気持ちよくて、初めは緊張していた遥斗も徐々に慣れてきた。

やがて、長い口づけが終わり口唇が離れると、佳明が目を覗き込んできた。

至近距離にある黒く澄んだ眸に、自然に喉が鳴る。

これからの時間を思うと、期待半分不安半分――いや、期待の方が僅かに勝っていた。

強い視線に恥ずかしくなり、けれど視線を逸《そ》らすことができずに瞬きした遥斗に、佳明が低い声で囁く。

「向こうに行こう」

「……向こう?」

「そう。おいで」

テレビを消してソファから立ち上がった佳明に手を差し出され、反射的にそれを取った。遥斗が立ち上がっても、佳明は手を離さなかった。そのままリビングを出て廊下を進み、右側のドアを開ける。

八畳ほどの部屋の中央に、綺麗にメイキングされたベッドが鎮座していた。片側の壁はすべて扉で、どうやらクローゼットになっているらしい。

ベッドと、あと小さなナイトテーブルしかない贅沢《ぜいたく》な空間に、この部屋くらいのワンルームに住んでいる遥斗は不意に不安に駆られて佳明を見上げた。社会人と学生という立場の違い、これだけの部屋を維持できるだけの年齢の違いなどを、急に意識してしまったせいだった。

普通に暮らしていれば滅多に知り合うはずもなかった相手を見つめ、きっかけとなった偶然を思い出して感慨に耽っていると、佳明が頰にキスしてくる。

「そんなに緊張しないで」

どうやら、動きが止まったのを躊躇していると思われたようだった。

首を振り、遥斗は佳明に向かい合う。

「緊張してません。でも……こういう経験、ないんです。……がっかりさせるかも。……すみません」

後半は消え入りそうな声で呟いた遥斗は、大きな掌で頭を撫でられ瞠目《どうもく》した。見上げれば、佳明が小さく首を振っていた。

「幻滅なんてしない」

そう言う佳明の目はとても優しくて、遥斗は照れ隠しに目を伏せた。飾らない言葉が、とても嬉しかった。

誘われ、ベッドに腰掛ける。並んで座ったと思う間もなく再び口唇を重ねられ、今度は遥斗も落ち着いて応えた。

薄いパジャマ越しに、掌を左胸に当てられる。自分でもわかるほど心臓がどくどくと激しい鼓動を刻んでいて、顔が紅くなった。けれど揶揄《やゆ》されることはなく、ただ熱っぽいキスが繰り返し施され、落ち着かない動悸《どうき》を宥《なだ》めるようにそっと胸をさすられる。

違和感を覚えたのは、不意にひやりとした外気を胸に感じたときだ。キスの合間に確認すると、いつの間にかパジャマのボタンが外されていた。布を隔てて胸を撫でていた掌が、初めて直接肌に触れる。

ベッドに座っていた身体が崩れそうになり、遥斗はシーツについていた手を離すと、佳明の二の腕を摑《つか》んだ。このまま仰向けに倒れてしまいそうだったので咄嗟の行動だったが、それをきっかけにキスがもっと深くなる。

撫でるときは慰撫《いぶ》する手つきだったのに、素肌に触れた瞬間それは明確な意思を持って淫らな動きを見せた。肋骨《ろっこつ》の感覚を確認するようになめらかな皮膚を辿《たど》り、色づいた尖《とが》りを軽く押しつぶす。

「っ、……」

口腔内を弄る佳明の舌を嚙みそうになり、遥斗は慌てて腕を摑んでいる指先に力を込めた。嚙んでしまう失態は寸でのところで回避されたが、代わりに呑み込み切れなかった唾液《だえき》が口唇の端から顎を伝って、はだけられた胸に落ちた。初めてのその感触はなんとも淫猥《いんわい》なもので、強く目を閉じる。

眉間に皺が刻まれるほどきつく瞼を閉じていると、口唇を離した佳明が耳朶《じだ》に顔を寄せ、かすれた声で囁いた。

「目、開けて」

「……、……」

「俺に顔見せて」

促され、恐る恐る瞼を開ける。視界に飛び込んできたのは、情動が潜む真っ黒い眸だった。

「佳明さ……」

「佳明って呼んで」

命令とも懇願《こんがん》ともつかない台詞が、立て続けに二人の間を流れていく。戸惑い、自分よりずいぶん年上の男を呼び捨てにするのも憚られて遥斗が口籠《くちご》もると、佳明は両手でそっと遥斗の両頰を包み込んだ。

額を合わせ、至近距離で呟く。

「そんな困った顔しないで」

「……、……」

「大事にする。怖いことも痛いこともしないから、不安そうな顔しないで……」

慣れている年上の男らしい言葉に、過去を思って妬《や》いたりはしなかった。しないというより、できなかった。

こちらを見つめる佳明の眸は本当に真剣で、愛おしさに満ち溢れていた。そろそろ関係が変わるだろうと覚悟していた遥斗ですら、予想もしなかった表情だ。大事にするという言葉がなぜか、単に初体験の相手を安心させるためのものではなく、もっと違う気持ちを含んでいるような気さえする。

緩慢に首を振り、遥斗は努めて笑顔を作った。もともと表情の変化が乏《とぼ》しいところにきて、この緊張感でとても笑顔と呼べたものではなく、口角が少し上がっただけのひどく控えめなものではあったけれど。

「あっ、……」

長い指が、下着の中に忍び込んでくる。欲望を探り当てられた瞬間、背筋が跳ねた。快感のせいではなく、極度の羞恥のせいだ。

緩く愛撫を施されただけでそこはすぐに形を変え、自分でも恥ずかしくなるほどの甘い吐息が零れる。至近距離で見つめ合った佳明は、その反応に満足そうに目を細めた。それでも、完全に勃ち上がるところまではいかなかった。

佳明の手つきは優しいけれど、その眸だって怖くはないけれど。身体がどんどん硬くなり、息継ぎさえも上手くできないほど強張《こわば》ってしまう。

これでは佳明もがっかりするはず。

いくら最初だからといっても、これはないだろうと自己嫌悪に陥《おちい》り、焦れば焦るほど緊張が増す悪循環に、遥斗は消え入りたい気持ちになった。

「ご……め、なさ……」

切れ切れの謝罪に、佳明は笑みを消さずに首を振ってくれる。それすらも申し訳なくて、泣きたくなった。

しばらく掌で包んだ遥斗の欲望をゆるゆると刺激していた佳明だったが、緊張が解れるどころか時間が経つごとに気を張り詰めるようになっているのを見て、そこから手を離した。空いていた左手でナイトテーブルの引き出しを器用に開け、中から何かを取り出す。

見るのはみっともないと思いつつ、怖いもの見たさのような心理で視線をやってしまった遥斗は、佳明が手にしているものに目を瞬かせた。

なんの変哲もない、小さなボトルだ。今夜に備えてこっそりインターネットで調べていたとき、その存在を知った。

ただ想像していたのと違い、ボトルは下品でもなんでもなく、本当に普通のものだった。中身を掌に出す佳明をぼんやり見ていた遥斗は、じきにそのボトルが新品だったことに気づく。とても綺麗だし、何より中身が蓋の際まで入っているのだ。

佳明も自分と同じように、恋人との夜を迎えるために準備をしてくれていた——そう思っただけで胸がいっぱいになり、口唇が震えた。嬉しくてたまらなかった。

丁寧な愛撫を受けても言うことを聞かなかった身体は、佳明の行動を思ったときにようやく余計な力が抜けた。膝《ひざ》を少し開いてと言われたときはさすがに羞恥で焼き切れそうになったが、先ほどまでとは違い素直に言うとおりにできる。

指先で入り口を捏《こ》ねられ、最初は変な感覚だったものの、遥斗は大人しく受け入れた。

やがて奇妙な感触にも慣れ始めてきた頃、ぬるっと中に何かが入ってきたのがわかる。

「……っ」

びっくりして目を瞠ったが、それはじきに佳明の指だということがわかった。

指は決して傍若無人ではなく、何かを探るように慎重に動いている。けれど、遥斗にはあまり細かい動きまではわからなかった。佳明は遥斗の体内を探りながらも、尖らせた舌先で口唇を舐めたり頬に口づけたり、ときおり首筋を甘噛みしたりしてくる。こんなふうに触れられた経験のない遥斗は、たとえささやかなキスでも敏感に反応してしまい、身体の中の指に意識を集中させようとしてもどうしても散漫になってしまうのだ。

ところが、指がある部分を押し分けた刹那、これまでごちゃごちゃととっ散らかっていた感覚が一瞬にしてそこに集中した。

「あ、っ」

びくりと背中を波打たせて反応した遥斗を見て、佳明が目を眇めた。たまらないと言いたげな表情に恥ずかしくなったのも束の間、深く口づけられる。

ほぼ同時に反応したその部分を執拗《しつよう》に愛撫され、吐息すら逃げ場を奪われた遥斗は、逞《たくま》しい身体の下で身悶《みもだ》えた。

「ンッ、ふ――ん……っ」

苦しいはずだが、それ以上にそこを刺激されると何も考えられないくらい強い快感が走り抜け、くぐもった声が引っ切りなしに上がった。

大学の友人たちが話す内容は恋愛話がとても多く、男ばかりだとあけすけな下ネタも当たり前のように話題に出て、これまで誰とも付き合ったことのない遥斗は周囲の空気を壊さないよう相槌を打ちつつ、その実不思議な気持ちでいた。誰かを好きになり、その相手から愛されるならそれだけで充分幸せで、性経験についてなぜみんながこれほどまでに盛り上がるのか理解不能だったのだ。

けれど、と今は思う。こんなに強い体感が得られるなら、夢中になるのも仕方ないのかもしれない。

途中で何度か追加された粘液のせいで、湿った水音がベッドルームに流れていく。妄《みだ》りがわしいその音が恥ずかしいはずなのに、初めてのことでとにかくいっぱいいっぱいで、ただついていいくだけで必死だった。

淫猥な音、だんだん荒くなっていく自分の呼吸。あちこちキスされるときの柔らかい感触と、それとは裏腹に身体の中を捏ねられる変な感覚。そして、自分を見つめる佳明の黒い眸。

灯りをぎりぎりまで絞ったベッドルームで、佳明の目は濡れているように見えた。けれど、それ以上に自分の目の方が潤んでいるのだろう。視界がだんだんぼやけてくる。

しばらくして、遥斗は自分の身体が変化してきたのを自覚した。最初は異物に戸惑うように硬くなっていた襞《ひだ》が、いつしか佳明の指に吸いつくように纏わりついている。

ぴったりと密着しているせいで、指を抜き差しされるときに得も言われぬ愉悦がぞくぞくと背筋を走った。

「ん、ん……っ、ぅ、ん」

隙間がないほど絡んでいるが、施された潤滑剤のせいで動きはなめらかで、違和感は残るものの痛みはない。それでもぐちぐちという音がいっそう強くなり、耳から入ってくるそれに頭まで冒《おか》されて変になりそうだ。

「……気持ちいい？」

直截的《ちよくせつてき》な質問を囁かれ、はっきり答えるのに躊躇して遥斗が視線を彷徨わせていると、佳明がいっそう甘い声で唆した。

「言って。どんなふうにしてほしいのか、俺に全部教えて」

「……、……っ」

かぶりを振り、遥斗は紅くなった顔を隠したくて、自分に覆い被さる佳明の肩口に額を押し当てた。身体が望んでいることを口に出すなんて、とてもではないができるわけがない。

佳明は執拗に尋ねてはこなかった。押し付けた頭を抱え込むようにされ、優しく髪を撫でられて、甘えているように映ったのだろうかと思う。

中の指が増やされ、遥斗は歯を食いしばって鋭すぎる感覚を享受した。

メスを持つ、器用で長い指。たくさんの人を変えてきたその指が、今自分も変えようとしているのだろうかと思った瞬間、口唇が戦慄く。

引っ込み思案で、恋愛に憧れながらも同性愛者だからと半ば諦めていて。そんな自分だけれど、今夜生まれ変われる気がする。

大事にするという彼の言葉に偽りはなかった。佳明の指は力強く意思を持って動きながらも、乱暴な仕種は一つも見当たらない。

こんなふうに愛されたら、彼のためにすべてを捧げたいと心から願ってしまう。

「……、も……」

もういい、早く繋がりたいと言いたかったけれど、声にならない吐息が零れただけだった。甘ったるい感覚が下肢を支配し、視界が潤む。

散々愛撫を施して、それからようやく指が引き抜かれた。水音がして頬が熱くなったが、すぐに押し当てられたあたたかく丸い異物に喉が鳴る。

「う……、ん」

「力抜いて。大丈夫だから」

「……、あ……ぁ」

「こんなに柔らかくなって濡れてる。痛くない、大丈夫。息止めないで……力抜いてて」

優しく耳許で繰り返され、遥斗は小刻みに頷いた。覆い被さってくる背中にひしっとしがみつき、徐々に侵入してくる塊の熱さにぎゅっと目を閉じる。

ゆっくりと時間をかけてすべてが収まったとき、遥斗はようやく瞼を開けた。滲む視界に自分を見下ろす佳明が映っていて――次の瞬間、骨が折れそうなほど抱き締められる。

「……っ」

「佳明さん、……？」

「……、……」

佳明が乱暴に口唇を重ねてきて、遥斗は苦痛に息を殺したが、佳明は腕の力を緩めてはくれなかった。むしろいっそう強く抱き締め、かすれた声で呟く。

「ずっと、好きだった」

「え……？」

「ずっと――こうしたかった」

繰り返される告白に甘さはなく、どこか郷愁すら感じさせられるものだ。こんなに強く誰かから求められたことなど、これまで生きてきて一度もない。

ぎゅうぎゅう抱き締められ、身体を中から支配している楔《くさび》のせいで動けない遥斗は戸惑った。自分と違い、もう何度もセックスしてきたに違いない佳明が、溢れんばかりの感情のままに抱き締めてくるなんて信じられなかった。

困惑はすぐに喜びに変わり、遥斗もおずおずと背中を抱き返して目を閉じる。重なる首筋に頬を寄せ、他人の肉体のあたたかさと重みを実感した。異性ではなく同性の身体は、佳明が鍛《きた》えていることもあって想像以上に硬かったけれど、張り詰めた肌の熱さや耳朶を流れていく吐息の切なさが胸を焦がす。

紛れもなく自分は同性が好きなのだと、改めて感じた瞬間だった。

「ンッ……」

佳明が僅かに動いたときに変な声が漏れて、そこで初めて我に返ったらしい佳明が顔を覗き込んできた。愛おしさを余すところなく伝えてくる視線は照れてしまうほどで、遥斗は細い呼吸を重ねながらもう動いてもいいと目で告げる。

言葉にしてくれと言われたのを思い出したが、今は追求されなかった。

「あ、ん」

緩やかに一度揺すられてしまえばもう、これまで言われたことも自分を取り繕うこともできずにただ翻弄《ほんろう》されるだけだ。

「あ、あっ」

「……、遥斗」

「っ、あ」

小さく名前を呼ばれ、穿《うが》たれるたびに殺し切れない声が零れるのをどこか遠くで感じながら、胸がいっぱいになった遥斗はただ頷くので精一杯だった。

強く、優しく、波のように寄せては霧散する感覚は、今夜初めて教えられたもの。いつしか硬くなっていた欲望に触れられれば、悲鳴じみた声が空気を裂いた。引き攣《つ》れるような痛みも確かに残っているが、それすらも快感だと勘違いしてしまいそうなくらい強い体感に、逞しい腰を挟み込んだ膝を戦慄かせる。

幸せで、怖いほどだった。

「佳明さん……っ」

最後の瞬間、身体を重ね本当の恋人になった男の名前を口にして、遥斗はきつく瞼を閉じた。


ふと喉の渇きを覚えて目を覚ました遥斗は、いつも枕元に置いているはずのスマートフォンを

手で探っても見つけられなかったことから、ここがどこなのかを思い出した。徐々に暗闇に慣れた目が、見慣れぬベッドルームを映し出す。

そっと首だけ向きを変えると、隣で佳明が寝ていた。頬の辺りまでタオルケットを掛けていて、布団に埋もれるように寝るタイプだとは思っていなかったのでつい微笑ましく思ってしまう。

「……」

端正な寝顔をまじまじと見つめ、嵐のようだった時間を思い浮かべた。今は激しさの欠片《かけら》もない無防備な顔で眠る佳明が愛しくてたまらなくて、触れるか触れないかのところまで指を伸ばす。

逡巡した末、目に入りそうだったひと房の髪だけそっと退けて、それから遥斗はそろそろと上体を起こした。繋がったところが痛いとか関節が軋むとかあると思ったが、特に何も感じなかった。ただ身体全体がおそろしく怠《だる》く、疲れ切っていた。

サイドボードにデジタル式の時計が置いてあるのに気づき、向きを少し直して時刻を確認すれば、夜中の三時だった。変な時間に目が覚めたと思ったが、慣れない場所で初めての行為に及んだのだから深く眠っていたはずもないということなのだろう。

静かにベッドから下りてドアを開け、遥斗は暗闇の中手探りでリビングに向かった。黙って冷蔵庫を開けていいだろうかと迷ったが、寝室に行く前に好きにして構わないと言ってもらっていたし佳明を起こすのは問題外だと思い、水を一本もらう。

冷蔵庫を閉めると再び暗くなったが、リビングのカーテンを少し開けると都心の灯りのせいで部屋の中が僅かに見える程度には明るくなった。

ソファの肘掛《ひじか》けの部分に腰掛け、カーテンの隙間からよく知らない街の夜の景色を見下ろして水を飲んでいると、リビングの外で物音がしたのに気づく。

疑問に思って振り返ったのと、洒落《しゃれ》たガラスのドアが開いたのは同時だった。

「――遥斗？」

「う、うん」

鋭い声で名を呼ばれ、思わずつっかえながら返事をした遥斗は、近づいて自分を確認した佳明が大きく息をついて顔を覆ったのに慌てる。

「す……すみません、黙って部屋の中うろうろして……。水が欲しかったからリビングに」

説明すると、佳明はようやく顔を覆っていた手を離した。それから緩慢にかぶりを振り、ソファに座る。

どこか気の抜けたような様子に心配になっていると、やがて佳明がかすれた声で言った。

「どこか行ったのかと思った」

「い、行かない。夜中だし、電車動いてないし」

「……そうだな」

短く応え、ようやく佳明が微かな笑みを見せた。不安で隣に座った遥斗を抱き寄せ、自分の肩に凭《もた》せ掛けるようにする。

「約束して」

「約束？」

「俺の部屋に来たときは、俺が起きる前に帰らないこと」

「……？」

意図がよくわからなかったが、額面どおり受け取るなら簡単なことなので、遥斗はすぐに頷いた。

それを見て佳明は安心したように遥斗の頬にキスをすると、ペットボトルに手を伸ばしてくる。

「俺にもくれる？」

「あ、はい。……というか、これ佳明さんが買った水だから……すみません」

「それもそうか」

小さく笑い合って、妙な空気がようやくなくなった。ゆっくり嚥下《えんげ》する喉に見惚れている遥斗に、佳明はボトルを返して言う。

「遥斗の好きな飲み物、何？　次来るときまでに置いておく」

「うーん、特には……」

言いかけて、なんでも伝えてと言われたことを思い出し、遥斗は言い直した。

「お茶がいいです」

「はは、お茶か。わかった。次来るときまでには必ず置いとくよ」

そのまま遥斗を抱き込み額を合わせ、佳明は二人しかいないのに秘密を囁くように告げた。

「愛してる」

「――…」

自分も、と言おうとして、遥斗はできなかった。

こちらを見つめる優しげな眸が、胸をざわめかせるほどの哀しさと喜びを混濁させているような気がしたせいだった。

＊

クローゼットの引き出しから取り出したテキストをバッグに詰め、遥斗は思わず苦笑してしまった。

佳明と一線を越えてから二ヵ月――互いに独り暮らしの付き合いたての二人が半同棲生活になるまで、そんなに時間はかからなかった。佳明の部屋に遥斗の荷物が少しずつ増え、今ではこうして佳明の部屋から大学に行く支度だって難なくできる。

佳明のマンションは３ＬＤＫで、都心の中でも好立地であることを考えると分譲価格は相当なものだったと推察された。開業医でない限り医師は言うほど高収入ではないとよく聞くが、やはり美容整形外科は別格のようだ。

テキストや辞書、それから最低限の身の回りの品は遥斗が自分のマンションから持ち込んだが、それ以外の大半は佳明が買い揃えてくれたと言っていい。食器、パジャマ、洗面用具――今着ている、この服まで。

さすがに生活必需品ではないものを買ってもらうのは忍びなく、何度も断ったのだが、佳明は意に介さなかった。というよりは、自分の好みのものを着せたくて買ったような雰囲気だ。

遥斗は普段から着るものに頓着《とんちゃく》せず、ただ悪目立ちしないで清潔にしていればいいという考えだったため、量販店の無地のものとジーンズばかりだった。佳明はそれがお気に召さなかったらしい。

シャツの裾を引っ張り、遥斗は複雑な表情になった。

やたら派手だったりエレガントだったりするわけではなく、むしろプレーンなデザインのそれらは遥斗の趣味にも合っていたが、問題は価格だった。最初に買ってもらったのは、デートの最中だ。今まで買っていたものの十倍近くするシャツの値段に焦って固辞したのだが、佳明は譲らなかった。その場でシャツを着替えて、そのまま食事に行った。

次からは適当な間隔で佳明が買ってくるものをプレゼントされるだけなので値段はわからないが、生地の肌触りやタグに記されたブランド名から安物でないことは一目瞭然《いちもくりょうぜん》だ。一見したところなんの変哲もないシャツでも、着たときのシルエットや質感から仕立てがいいのだとすぐにわかる。

最終的に受け取ってしまうのは、遥斗がそれを着ると佳明が本当に満足気な表情になるからだった。

落ち着いた深めのグレーや少しくすんだ水色、淡いグリーン。自分に似合う色がどれかなんて考えたこともなく黒や紺ばかり着ていた遥斗に、佳明はきっぱりと寒色系のパステルカラーが似合うと断言した。

確かに着てみればしっくり来るし、大学での評判も上々だ。

髪を切り、服装が少し変わっただけで、今まで目立たなかった遥斗に秋波を飛ばしてくる女の子が増えた。アルバイト先でも同様で、なんとなく居心地が悪い。

年上の恋人とはこういうものなのかな、とぼんやり考える。

大学生同士なら着るものやデート先なんかも財布と相談しながらになりそうな気がしたが、ひと回り近く年上の社会人相手だとまた違うのかもしれない。

服や店が自分の身の丈に合っていないのは重々承知しているが、逆に佳明にはしっくり来ている。その彼が連れ歩く相手なのだから、相応の恰好《かっこう》が必要ということかもしれない。そう思えば、不自然なことではないような気がした。

早く社会人になりたい。そうすれば安定した給与が得られるし、多少背伸びしたものでも自分の収入で買える。

何より、初任給で佳明にご馳走《ちそう》したかった。いつも素敵なところにばかり連れていってもらっているから、初めての給料でお返しししたい。

今日は払わせてと言ったら、佳明はどんな顔をするだろうか。

「……」

知らず、頬が熱くなってきたのを感じ、遥斗はかぶりを振った。バッグの中身をもう一度確認して忘れ物がないか見たあと、寝室に入る。

まだ寝ている佳明の肩にタオルケット越しに手を掛けて、遥斗は控えめに揺さ振った。

「佳明さん、おはよ。八時だよ」

「……ん」

「おはよ」

繰り返して声をかけると、寝起きがさして悪くない佳明はすぐに目を覚ます。七時に遥斗がベッドから抜け出したときに身動《みじろ》いでいたから、眠りが深くなかったことも一因だろう。

しかし眉間にはくっきりと皺が刻まれているし瞼はうっすらとしか開いていないしで、ちょっと可愛いと思ってしまった。

寝ている間に勝手に帰らないこと、という約束を、遥斗は一度として破ったことはなかった。

いきなり『約束』を言い出されたときは驚いたが、無理難題だとは思わなかった。佳明以外と付き合ったことがないので実際に経験したことはないものの、二人で同じベッドで寝たあと目覚めたら一人残されていたというのは確かに想像しただけで寂しそうだ。

半同棲状態になってしまったのは、元はといえばこの約束が原因だった。

遥斗が一度自分のマンションに帰って大学の用意をするために早朝に出るか、もしくは前日に二日分の荷物を持ってくるかしなければならないため、佳明が早々に「この部屋に置いておけ」と言い出したのだ。

それからなし崩し的にどんどん荷物が増えていき、やがて生活用品が減った自宅マンションよりも佳明のマンションの方が過ごしやすくなってしまった。

上体を起こした佳明は何度か緩慢に首を回したあと、ようやく覚醒したらしく言う。

「……何時だって?」

「八時。今日は休みだけど八時に起こしてって言ってなかった?」

「……言った」

いつもは隙のない佳明なのに、寝起きは返事まで少し間があくのが可笑《おか》しくて、遥斗は笑いを堪《こら》えながら寝室のカーテンを開けた。射し込む陽光に切れ長の目を眇めた佳明は、やがてベッドから下りると伸びをする。

洗面所で身嗜みを整えてきた彼がリビングに戻ってくると、遥斗はテーブルに置いていた新聞を差し出して言った。

「佳明さん休みだし、俺も今日はバイトのシフト入れなかった。大学も一講だけだから、十一時くらいに帰るね」

「あぁ。昼どうするかな。外で待ち合わせるか?」

「どっちでも……」

言いかけて、遥斗は言葉を呑み込んだ。

佳明からはいつも、意見をはっきり伝えるように言われていた。

遠慮しているわけではなく、本当にどちらでもいいときでも、佳明は必ず遥斗がいちばん望むことを言ってくれと繰り返した。だから、普段は自己主張しない遥斗も、佳明の前では自分の気持ちをよく見極めてきちんと言葉にしなければと気をつけるようになったのだ。

「今日、佳明さんは家で勉強なんだよね？　わざわざ出てきてもらうのも大変だろうし、俺の作ったものでよかったらここで食べようよ」

「そう？　助かる」

「食べたいものあったら教えて」

あまり難しいものは作れないが、両親が共働きで小さい頃から台所に立つ機会が多かったし、独り暮らしではずっと自炊していたので、基本的なものはひととおり作れる。

遥斗の言葉に少し思案したあと、佳明は冷やし中華がいいと言った。聞けば、昨日休憩中に昼食をとろうとビルを出て歩いていると、冷やし中華の張り紙を見たとのことだ。そのときは店が混んでいたので別の適当な店に入ったが、頭に残っていたらしい。

笑顔で、遥斗は快諾した。

「スーパーのでよければ」

「問題ない。楽しみにしてる」

「うん。……じゃあ、俺行くね。また昼に」

バッグを肩に掛けて玄関に向かうと、佳明も見送りに来てくれた。靴を履《は》いた遥斗が振り返ると、玄関のほんの五センチほどの段差のせいで、いつもよりさらに高い位置に佳明の顔があった。

「……佳明さん、……」

右手が伸びてきて、遥斗の左頬が包まれる。

あたたかく大きな掌に、遥斗の目が反射的に細くなった。その表情を見て、佳明がなんとも言い難い優しげな眼差しになった。愛慕に満ちたそれに釘づけになり、遥斗は瞬きもせずに佳明の整った面立ちを見つめる。

柔らかく頬を撫でる手つきに、あぁこの人は本当に俺の顔が好きなんだな、と思った。

佳明が自分に惹かれた理由は、この容姿が大きいのだと遥斗は自覚していた。

綺麗だと言葉にされたことは何度もあるし、事あるごとにこうして愛おしむように撫でられる。

そういうとき、佳明は必ず深い愛情を目に浮かべていた。

顔だけに惹かれたのか、なんて初心《うぶ》なことは、これまで誰とも付き合った経験のない遥斗でも思わなかった。恋をする理由など、様々だ。最初にいいなと思うきっかけが性格だったり話し方だったり、それこそ見た目がタイプだったり。すべては入り込むきっかけとなるだけで、その後どうなるかは自分次第。

だから、遥斗は佳明に幻滅されないよう、彼の望む恋人になりたかった。

消極的な物言いはやめ、敬語は抜きにして、ときには我が儘も見せる。大人しい遥斗にとってそれは決して簡単なことではなかったけれど、嫌ではなかった。

自分とは正反対の明るいクラスメートに憧れたこともあるだけに、初めて恋をして少しでもそんなふうに変われるならとても嬉しかったのだ。

佳明の顔が近づいてきて、目を閉じる。口唇に触れる小さなキスは、行ってらっしゃいの挨拶代わりだ。

口唇が離れると、佳明はわざと渋面で言った。

「『さん』はいらないって言ってるだろ？」

「……でも」

佳明、と名前を呼び捨てにしてほしいというのは、付き合い始めて早々に請われたことだ。でもそれだけはできなかった。大半の希望と違いこれだけが叶えられないのは、さすがに十も年上の男を呼び捨てにすることに躊躇いがあるからだ。

その代わり、遥斗は困ったように笑って言う。

「年上だから。無理だよ」

「俺がそうしてって頼んでるのに」

「外で人が聞いたらびっくりするよ。これだけは……だめ」

恋人が求める呼び方はできないけれど、無理なことは無理だと告げる。

佳明の望む答えではなかったが、意思を示したことに満足してくれたようだった。佳明がもう一度顔を近づけてきて、今度は頬にかすめるほどの小さなキスを落とす。

照れくさくなり、遥斗はそそくさとノブに手を掛けた。

「ほんとに行ってきます……っ」

「あぁ。気をつけて」

「佳明さんも勉強頑張ってね」

ドアを閉め、ほっとひと息つくと、遥斗は緩みがちな口許を意識して引き締めた。

それからもうすっかり慣れた足取りで、佳明のマンションの廊下を進みエレベーターに乗ったのだ。

＊＊＊

あらかた話を終えて、佳明は椅子を軋ませると背凭れに深く身を預けた。目の前に座る女性が記入した問診票を眺め、ちらりと空を見て考え込む。

彼女は新規の患者だった。

聞いた話の内容だけでなく、彼女のてきぱきした話し方や会話中の隙のない表情をざっと振り返って頭の中でまとめ、それから佳明は正面の女性を見つめた。メイク、服装など目に映ったものと先ほどまとめた印象を合わせ、問診票をデスクに置くと姿勢を正す。

雰囲気が変わったことに気づいた女性もつられたように背筋を伸ばしたのに、白衣を羽織った佳明は口を開いた。

「ご希望は、よくわかりました」

「できますか」

「できますよ」

あっさりと言い、佳明は続けた。

「僕は、初めて美容整形される患者さんには必ず言うようにしていることがあるんです」

「……はい」

「性格が完璧主義の方は、あまり美容整形に向きません。際限なく理想の容姿を追求しようとする傾向にありますので」

抱いた印象が間違いではなかったようで、かすかに怯《ひる》んだ様相を見せた女性に、佳明は口調を変えずに淡々と言う。

「ご希望の箇所は目ですよね。今でも二重だけれど、奥二重気味の瞼を平行二重にしたい。それは可能です。で、僕が言っているのはそのあとです」

「あと？」

「理想の目になってそれで満足できる人はいいんですが、目が理想の形になると次は鼻が気になる、鼻も理想の形にすると今度は頬骨が気になる……そうやって美容整形を繰り返す方は少なくありません」

「……」

「ほどほどで満足できる方の方《ほう》が、美容整形に向いてます。これは僕の経験から言ってます。まぁ……美容整形に来られる方で『ほどほどで満足』の方はあまりいませんが、程度の話として聞いてください」

そこまで話したところでいったん言葉を切り、佳明はカルテを見るふりをして彼女が考える間を少しあけた。時間をおいてから再び視線を合わせ、話を続ける。

「なぜ完璧主義者には向かないかということを、簡単に言いますね。何度も美容整形手術を繰り返して、最終的にすべての理想を手に入れてゴールに到達するならいいんですが、実際のところなかなかそうはいかないからです。個々のパーツの問題のほかに、全体のバランスというものがありますから。どこか変わると別のところが気になるほかに、その一箇所が変わったためにご自身の理想も変わっていくこともあります。そうなると、『最終』というのは見えなくなっていく。こうなるともう、ゴールのないマラソンをしているのと同じことです」

「……はい」

「もちろん、都度気になる場所が出てきてしまって、そこを変えたいと思われる場合、精いっぱい尽力します。ただ僕の今の話を頭の片隅にでも置いておいてもらえたら」

そう言って、佳明は笑顔を見せた。

「最初にお電話いただいたときに受付の者がお伝えしたと思いますが、ご希望の内容ですと今日これから手術することも可能です。どうされますか。一度ご帰宅されて考えてからでも問題ありません」

「……、……」

「少しでも迷われているなら、僕は時間をおくのを勧めます」

佳明の話に、彼女はしばらく考え込んでいた。やがて顔を上げると、しっかりと言う。

「今からお願いします」

「わかりました」

頷いて、佳明は看護師を呼んだ。あとを託して、二人が診察室から出ていくのと入れ替わりに入室してきた事務員に段取りを頼む。

訴訟問題等を避けたいという理由で、同業他社より料金をやや高めに設定している代わりにインフォームドコンセントに時間を充《あ》てる経営方針だが、佳明は特に慎重だった。あとでトラブルになると本当に面倒だし、何よりこの職を手放したくない気持ちが強い。

パソコンに向かって手早く、しかし確実に手術の計画書を作成していると、口許には自然と、自嘲めいた笑みが浮かんだ。

数字で表される分野でない限り、完璧はあり得ない。職業柄、それを熟知しているはずなのに。一人の美容外科医ではなく、一人の人間として、どうしても惹かれてしまう理想の外見が存在してしまう苦しさを、痛いほど知っている。

この腕に抱き、眠って朝を迎えて、目覚めたとき求めていた寝顔が隣にある幸せを、誰よりも知っている――。

「……」

打ち込んだ内容をプリントアウトしながら、佳明は椅子から立ち上がると白衣に挿《さ》していたボールペンなどを抜いて、引き出しにしまったのだった。

＊＊＊

秋が訪れてすぐの月初め、この日は遥斗の二十二回目の誕生日だった。

指定されたフレンチレストランの前で深呼吸し、遥斗はきょろ、と周囲を見回した。人通りはあるが、大通りから一本入った路地に面しているのでさほどではない。つい今し方通ってきた道が信じられないほど、閑散としている。

ドレスコードがあるからと、佳明からは事前にタイとジャケットの着用を言い渡されていた。なので、就職活動で着たスーツを引っ張り出してきたのだ。

あからさまなリクルートスーツでは場の雰囲気にそぐわないかもしれないと思い、ここに来る前にデパートに寄って、ネクタイだけ買った。レストランで食事をするのに必要なのだと事情を話せば、店員はスーツやシャツの色目に合う、やや派手めな柄のネクタイを選んでくれた。

お陰でいかにも就職活動中ですという感じはなくなったのだが、その分着慣れない恰好なので少し気恥ずかしい。

落ち着いた佇まいの店構えを眺め、遠慮がちにドアを押すと、すぐに従業員がやってきた。

「こんばんは。いらっしゃいませ」

「こんばんは。予約……している、橘高です」

「お待ちしておりました。どうぞ」

案内されかけ、遥斗は店員に尋ねる。

「もう先に来てますか？」

「いいえ。ご予約はお二人様ですよね、お連れ様はまだでございます」

店員の返事に落胆して、遥斗は腕時計を見た。普段は十分前到着を心がけているが、今日はデパートに寄ったりしていて時間ちょうどだ。医師とはいえ、佳明自身が時間の調整がつけやすいと言うだけあってこれまで殆ど遅れてきたことがなかったため、少し驚いた。

佳明が来るまで入り口で待たせてもらおうかと思ったが、完全予約制の高級店に待つための椅子があるはずもなく、遥斗は大人しく案内された席に着いた。

入り口から想像していたのと違って、店内は意外と広かった。テーブル席が十ほどあり、どれもゆったりした間隔で配置されている。カウンター席などはなく、テーブルに一人で着いている客もいない。

社会人同士のカップルや、裕福そうな家族連れといった客層で、家族連れも小さな子どもは一人もいなかった。みんな落ち着いて食事と会話を楽しんでいる。テーブルが離れているので会話の内容までは聞こえず、ただざわめきのように静かな話し声と小さな笑い声がときおり上がる、落ち着いた雰囲気の店だった。

誕生祝いにこんな店を予約してくれたなんて、と、遥斗はひっそり幸せを噛み締めた。佳明が過去に誰かと来たことがあるのだろうかと思うとちょっぴり妬けるが、今連れてきてもらっているのは自分だと思えば嬉しさの方が何倍も勝る。

ちらりと腕時計を見ると、約束の七時を十分ばかり過ぎていた。

「失礼いたします」

「あ、はい」

ウエイターがやってきて、遥斗のグラスにだけ水を注いでくれた。ありがとうございますと礼を言い、けれど別に喉が渇いているわけではないのでそのまま手をつけずに佳明を待つ。

——おかしいなと思ったのは、七時二十分を過ぎた頃だった。

スマートフォンを取り出し、遥斗は着信やメールがないか確認した。しかし液晶は通常の待機画面が表示されているだけで、佳明から特になんの連絡もない。

『仕事お疲れさま。もう店に着いて待ってます。』

携帯電話での通話禁止の小さなプレートがテーブルの端に控えめに置いてあるのを見て、テーブルの下で手早くメールだけを打つ。着信が来たらすぐわかるように、ポケットにしまわずにマナーモードにしてテーブルに置いた。

周囲に視線を巡らせると、カップルの女性の方がこちらを見ている視線とぶつかった。慌てて目を逸らされて、こんな雰囲気だから二十分も一人でいると目立つのだろうなと考える。

ところが、七時半を過ぎても佳明からはなんの連絡もなく、また本人も来なかった。

「……すみません」

通りかかった店員を呼び止め、遥斗はスマートフォンをちらりと見せた。連れが来ないので連絡を取ろうとしているのだとわかったらしく、よく教育された店員は店の入り口まで誘導してくれる。

店を出てすぐのところで佇み、遥斗は佳明のスマートフォンに電話をかけた。

「……」

コール音が響くだけで、そのうち留守電に切り替わってしまう。もう一度メールも打ってみたが、しばらく待っても返信はなかった。

もしかして店を間違えているのだろうかと一瞬思って青くなったが、入店の際に『橘高』で予約してあるのを確認したことを思い出した。店も、予約日時も間違ってはいない。佳明が来ていないだけだ。

急に不安になり、遥斗はスマートフォンを眺める。

これまで待ち合わせに遅れたことのない佳明を思うと、何かよくないことでも起きたのではないだろうかという気になった。佳明の性格上、遅れるときに連絡の一本も入れないとは考えにくい。充電切れや電源を切っているのではなく、コール音は響くのも心配を加速させた。まさか、どこかで事故にでも巻き込まれて連絡できない状況にいるのではないだろうかと、最悪のパターンを想像してしまう。

でも、もしそんなことが起きて病院に担ぎ込まれたりしているなら、着信に気づいた病院関係者が出てくれると思えた。音沙汰がないのが不気味で、遥斗はしばらく迷ったものの、結局店の中に戻る。

席に着くと、店員が近づいてきた。

「お連れ様とご連絡は取れましたか？」

「え？　あ……、いいえ」

「よろしければ、何かお飲み物でもお持ちしましょうか」

言いながら、店員はメニューを差し出した。反射的に受け取って開き、けれど遥斗はそのまま固まってしまった。

この手の店に来たことなんて、佳明と付き合ってから数回だけだ。勝手がよくわからない。今のような状況では、何か頼むのが正解なのか。それとも佳明が来るまで待つべきなのか。差し出されたのはワインリストがメインのドリンクメニューで、頼むにしてもアルコールにすべきかそうでないのか、さっぱりわからない。

テーブルに置いたスマートフォンをちらりと見ると、午後八時前だった。いくらなんでも、もうそろそろ到着しそうな気がした。

気持ちが焦るあまり、横文字にカタカナが振ってあるメニューの文字を目線が滑ってしまい、頭に入ってこない。革張りのメニューを開いたまま微動だにしない遥斗を見たあと、店員は嫌な顔ひとつせずに「お決まりになられましたらお声をおかけください」と笑顔で言ってその場を去った。

ふと視線を感じて顔を上げた遥斗は、数人の客がこちらを見ているのに気づいて頬を赤らめる。場馴れしていない上に、連れがいつまでも来ないので悪目立ちしているのは明白だった。みんなドレスコードを守り、この店に相応しい態度で食事を楽しんでいる。いつまでも一人ぽつんと待っているのはマナー違反だ。

とはいえ、遥斗をちらちら見ている視線は侮蔑《ぶべつ》めいたものではなく、憐憫《れんびん》を多分に含んでいた。

彼女と予約したのに、振られたのか。そんな声が今にも聞こえてきそうで、遥斗はメニューを見るふりをして目線を落とす。

とても恥ずかしかった。

同時に、佳明のことがとても心配だ。メニューとスマートフォンを交互に見るが、相変わらずなんの音沙汰もない。じっと待っているうち、もしかして本当は振られてしまったのだろうかという不安が押し寄せてくる。

喧嘩中ならともかく思いつく理由も特にないし、佳明が実際に別れるつもりだとしてもこんな無慈悲な舞台は用意しないだろう。冷静に考えればわかるのだが、どうにも居たたまれなかった。ほかの客が皆楽しそうな時間を過ごしているのに、一人きりで連絡もない恋人を待ち続けているのがひどく惨めに思えてくる。

逡巡した末、遥斗はオレンジジュースを頼んだ。店は人気で、八時を過ぎた頃から満席になっている。予約しているとはいえ、何か頼まないと席をつぶしているだけで申し訳ないと思ったのだ。グラスが空になってしまうとさらに居心地が悪くなることは予想できたので、遥斗は少しずつ飲んで手持ち無沙汰をごまかしながら、もう一度席を立って店の外で佳明にメールを打ち、ひたすら待つ。

店員が何度か来て、一人だけでも先に食事を始めるかどうかや飲み物のお代わりはどうかなど尋ねてきたが、八時半を過ぎると声をかけなくなった。食事をしないなら退出してくれとも言わなかった。

待ち人が来ない心情を慮ってくれているのはありがたかったが、ちらちら送られる周囲の好奇の視線はどうしようもなく、遥斗は小さくなって座っているしかなかった。

やがて九時半になり、店員が申し訳なさそうな顔でドリンクのラストオーダーの時刻だと告げに来た。

聞けば、十時に閉店だという。もうこれ以上いても仕方がないと思い、遥斗は立ち上がると会計を済ませた。予約していた食事の分も支払わなければならないだろうかと危惧していたが、幸いにもオレンジジュースの代金のみで大丈夫だった。

店を出て、しかしいつ佳明が来るとも知れず、遥斗はしばらく店の軒先で待つことにした。

食事を終えた人が次々と出てきては、遥斗の姿を認めて驚いた顔になり、次にそそくさと立ち去っていく。同情めいた表情をする女性や、完全に呆れ返った目を向ける年配の男性客もいた。

この期《ご》に及んでまだ待つのかと思っているのだろう。

自分の存在が、なんの憂《うれ》いもなく楽しい時間を過ごすはずだった人たちにほんの僅かでも不審や違和感を残してしまったかもしれないと思えば、申し訳ない気持ちになる。

そうして十時を少し過ぎ、店のドアの前のＯＰＥＮのプレートが引っくり返されてＣＬＯＳＥになった頃――。

「……！」

スマートフォンが振動して、握っていた遥斗は慌てて画面を見た。佳明からの着信だ。

逸《はや》る気持ちで画面をタッチし、耳に当てる。

「佳明さん？」

『悪い、本当に申し訳ない。今どこ？』

「お店の前。佳明さんは今——」

『店⁉　わかった、すぐ行く。本当にごめん』

短い単語だけの一方的な会話で、通話はすぐに途切れた。背後から人のざわめきが聞こえてきたことと佳明の息が弾んでいたことから、外を走っているのがすぐにわかる。

それから待つこと二十分ほど、佳明がどちらの方向から来るのかわからずに店の前できょろきょろしていた遥斗は、スーツのジャケットを脱いで腕に抱え、ネクタイも緩めて走ってくる佳明を見てはっと目を瞠った。

「佳明さん！」

手を上げてアピールすると、気づいた佳明が真っ直ぐに駆けてきた。どこも怪我などしてなさそうな様子に安堵し、遥斗は握ったままだったスマートフォンをズボンのポケットに押し込む。

佳明は近くまで来ると足を止め、膝に手を当てて大きく息をついた。

「悪い。遥斗……、本当に、ごめん。仕事で、トラブルが……あって」

何度か咳《せ》き込みつつ謝る佳明を見ているうち、遥斗は胸がいっぱいになった。先ほどまで押しつぶされそうだった不安や、どうして来てくれないんだろうという苛立ちは急速に霧散して、ただ会えてよかったという想いだけが溢れてくる。

「よかった……っ」

やっと上体を起こした佳明に抱きつき、遥斗は周囲も憚らず背中に回した腕にぎゅっと力を込めた。

「え――、……?」

「もしかしたらどこかで事故にでも遭ってるんじゃないかと思って、心配で……っ」

「……遥斗」

「何もなくてよかった……っ」

極度の不安が急に安心に変わり、そのせいで涙が滲みそうになって、遥斗はそれをごまかすために佳明のシャツに額を押しつけた。いつも綺麗にプレスされているシャツは、ずっと走ってきたせいだろう、汗で湿っている。

伝わってくる鼓動が、怖いほど速く脈打っている。薄い布越しに感じる佳明の体温が、身体を重ねるとき以上に熱くなっているのを感じたら、怒りなど湧いてくるはずもない。

確かに、誕生日の夜一人きりで待たされはしたけれど、こんなに一生懸命走ってきてくれたのだ。

「遥斗……」

突然抱きつかれた佳明は、呆然としているようだった。遥斗の身体に腕を回すこともなく、ただ立ち尽くして大きな呼吸を繰り返している。

ほどなくして落ち着いてきた遥斗は、そっと身体を離して顔を上げた。改めて見つめ合うと、取り乱して抱きついたことが少し恥ずかしくなった。

「……、……」

何かを言いかけた佳明が、開きかけた口唇を閉じる。

それに小首を傾げると、佳明はシャツに押しつけていたために乱れた遥斗の前髪を指先で直し、それから自分の身なりの崩れにも気づいたようでネクタイを締め直しながら言った。

「本当にごめん。埋め合わせは必ずする」

「いいよ、そんなの。仕事でトラブルがあったんでしょ？」

患者に何事か起きたのかと心配げな様子を見せると、佳明はかぶりを振った。

「もう一段落した。でもちょっとばたばたしていて、遥斗に電話する隙がなかったんだ。悪かった」

「ううん。仕事ならしょうがないよ」

身の置き所のない雰囲気の中で惨めな思いをしたのは事実だが、詰《なじ》っても無意味なだけだ。これまで一度も遅刻をしたことがない佳明が、仕事でトラブルがあったと理由を説明し、息せき切って走ってきた、それだけで充分だ。

何度も謝る佳明の態度を見れば、仕事のトラブルに対処しながらも気に掛けてくれていたこと、恋人がどういう状況で待ち続けていたのか理解してくれていることがわかる。常は堂々としている佳明が平身低頭に詫びる姿は、想像したことすらないものだった。

やがて息が整ってきた佳明が、口を開いた。

「……何か食べた？」

「う、ん」

「支払いさせて悪かった。幾らだった？」

「いいよ」

遥斗は首を振ったが、佳明はしつこく尋ねてきた。仕方なく金額を言うと眉を寄せ、強引にレシートを出させる。

ジュース一杯の記載を見て、佳明はやりきれないように天を仰いだ。

「……本当にごめん。……お腹空いただろ、どこか行こう」

「佳明さんは？　忙しくて食べる暇なかった？」

「俺は……」

佳明が言いかけたとき、どちらのものとも知れない腹の虫の鳴き声が微かに響く。瞬時に顔を見合わせ、先に噴き出したのは遥斗だった。

「行こ、佳明さん。お洒落なとこじゃなくて、すぐ出てくるところ」

強引に腕を取り、大通りに出る。急に増えた人波に腕はすぐ離したが、遥斗はなぜだか浮かれている自分に気づいた。

焦った佳明を、初めて見た。いつも余裕綽々《しゃくしゃく》で大人の恋人という感じだったから、とても親近感が湧く。

「あ、ほら。どっちがいいかな」

遥斗が指した先は、有名な牛丼チェーン店とハンバーガーショップ。どちらも出てくることの速さでは定評のある店だ。

佳明の目が自分にはお馴染みの看板の両方を見比べているのを眺め、しまったと思う。やや着崩れているとはいえ高級スーツを着た佳明が、この手の店を利用するのだろうか。そして、自分が行きたい方を言わずにどちらにしようかなどと問いかけてしまった。

しかし遥斗が危惧したことにはならず、今度は佳明が遥斗の腕を取った。

「こっちにしよう。空いてる」

「う、うん」

鋭い視線を双方の店に向けていたのは、単に客の入り具合を確認していただけらしい。佳明は迷いのない足取りで牛丼店に入店すると、素早くカウンターの空いている席に向かった。

先に遥斗を奥に座らせ、続いて隣に腰掛けてから問う。

「大盛り?」

「えっ、ううん。並」

「お腹空いてない？　空きすぎて食えない?」

「空いてるけど、そんないっぱい食べないよ」

他愛のない会話を交わし、ほどなくして運ばれてきたどんぶりを前に揃って箸《はし》を取った。とても楽しかった。

だから――。

「誕生日おめでとう。……独りきりで待たせた上にこんな場所で本当に申し訳ない。次、改めてセッティングする」

「ううん」

とんだ記念日になってしまったが、遥斗は笑顔で首を振った。特別な夜にしようと佳明が高級店を予約してくれたその気持ちだけで、幸せだ。

彼がこうして隣にいてくれることが、何よりのお祝いになる。

「……いただきます」

照れてしまい、そそくさとどんぶりで顔を隠して、遥斗は恋人のいる初めての誕生日を噛み締めた。

＊＊＊

いつものように朝九時半に出勤し、備えつけのコーヒーメーカーから淹れたコーヒー入りのプラコップを手に自分のデスクでパソコンを立ち上げた佳明は、先日のことを思い出してふと嘆息した。

遥斗の誕生祝いをする予定だった晩、佳明は予定どおり六時に仕事を終えてクリニックをあとにするはずだった。ところが、ジャケットを羽織ってまさに部屋を出ようとしたそのとき、血相を変えた看護師が呼びに来たのだ。

同僚が執刀している患者の容体が急変したとのことで、佳明は慌ててジャケットを脱いで白衣に着替え、手術室に向かった。一刻を争う状況だったから、スマートフォンも鞄に入れっぱなしだったが、それ以前に遥斗に連絡しなければならないという思いも吹き飛んでいた。

美容外科医には、大きく分けて二種類の医者がいる。一つは大学の医学部を卒業して医師国家試験に合格したあと、すぐに美容外科医になった者。もう一つは、医師免許取得後も大学病院などで一般外科医や形成外科医として数年間勤務し、基本的な技量を身につけてから美容整形界に転身する者。

前者と後者の大きな違いは、なんらかのトラブルが起きた際に対処できるかどうかだ。

医師免許を取得してすぐに美容外科医になった場合、研修医程度の経験しか積んでいないまま現場に立つ。瞼を二重にしたり鼻を高くしたりする手術は比較的簡単だから、僅かな練習ですぐに実践となり、経験の浅い医師でもそれなりにできてしまう。

数を重ねればその手術に関しては上達していくため、特に問題があるわけではない。

ただ、美容手術は麻酔が必要な手術が多いのだが、本来非常にデリケートで難しい麻酔を経験の浅い医師がコントロールするのは難しく、いったんトラブルが起こると自力でリカバリーするのは相当困難だ。

佳明は医学部を卒業後、大学病院の形成外科で丸四年間臨床実験を積んだ。

美容外科医となるにはきちんとした技術を身につけてから――と思ったのではなく、単に形成外科医としての肩書きがあると美容外科医に転身したときにかなり有利になるからだった。医師免許取得後すぐに美容外科医になる人間の方が圧倒的に多いので、大学病院できちんと経験を重ねた形成外科医は重宝される。

実際、現在の勤務先である『杏美美容外科クリニック』の求人に応募したとき、諸手を挙げて歓迎された。形成外科医がいると、医院にも箔がつくからだ。

ほかの病院で当直のアルバイトをするとかなりの身入りになるが、美容外科医としての経験しかない医師は、いかに当直医師が不足しているとはいえどこの病院からも声がかからない。その点佳明は形成外科医として大学病院で数年間勤務した実績があるために、どこの病院でも歓迎され、勤め先に苦労することが一度もなかった。

そんな佳明だから、難しい手術を割り振られることはもちろん、クリニックで何かトラブルがあると真っ先に頼られることが多い。

あの日も、手術中に患者の血圧が急激に下がったと呼ばれ、手術室に向かった。患者はひと目でわかるほど危険な状態で、佳明はすっかり震えている執刀医を叱咤《しった》しながら応急処置を施し、同時に看護師を介して本日休暇で自宅にいる院長への連絡と、救急指定病院への転送手続きを取った。

受け入れ先の病院に自分がした応急処置を説明し、駆けつけた院長と執刀医にあとを託して、ようやく一段落したのは午後十時前——そのときやっと、佳明は遥斗との約束を思い出したのだった。

青褪めてすぐ連絡を取ると、なんと遥斗はまだ店の前にいると言った。それを聞いた瞬間、まるで殴られたようなショックを受けた。

約束の時間は七時だ。三時間、待ち続けているとは思っていなかった。店を出て手近な喫茶店に行くなり、本屋などで時間をつぶすなりしてくれればいい方で、十中八九は先に帰宅しているのではないかと予想していたのに。

取るものもとりあえず駆けつけると、もう閉店のカードが下げられた店のドアの前で、遥斗が所在なげに佇んでいた。

一度利用したことのある店だから、店内の雰囲気はよく知っている。さぞかし居たたまれなかっただろうと思い、詫びようとしたそのとき、佳明は抱きついてきた遥斗に啞然《あぜん》とした。連絡もせずすっぽかしたことをひと言も詰らず、ただ何もなくてよかったとだけ繰り返す遥斗を見て、胸を撃ち抜かれたような衝撃を受けたのだ。

プラカップに口をつけ、苦いコーヒーに顔を顰めたあと、佳明はぼんやりとカップの中を覗き込む。

——あれが史紀だったら、間違いなく帰っていた。

学生時代から、学校での勉強だけでなく家庭教師について経営学やマナーなどを勉強していた史紀だ。同年代の学生とは比べ物にならないほど多忙で、その分時間にはうるさかった。デートの約束をして、電車の遅延などでやむなく遅れてしまったときも、言い訳は一切聞いてくれなかった。数日間機嫌を損ねて、とりなすのが大変だった。

自分のしたいようにするというスタンスの史紀だから、居心地の悪い思いをして一人店で待ちぼうけを喰らうはずもない。待つとしてもせいぜい十分だ。遅れてきた方が悪いと堂々と言い、連絡も残さず先に帰ることに罪悪感を覚えるはずがない。

その史紀とまったく同じ顔をした遥斗は、ただひたすら恋人を待ち続け、顔を見た途端安堵の笑みを浮かべた。事故に遭ってるんじゃないかと心配した、よかったと繰り返した遥斗の顔を見たとき、佳明の胸には確かに言葉にできないほどの愛おしさが込み上げてきたのだった。

別に、史紀にも待っていてほしかったのではない。そういうときに帰るのが史紀であり、そこが好きだった。

その一方で、待っていた遥斗を見つけたときは嬉しかった。一切詰らなかった我慢強さに感謝し、自分の置かれた状況を訴えるより先にこちらの身を案じていたことに驚いた。

そしてその瞬間、佳明にははっきりと、遥斗と史紀は別人なのだという事実が鮮明に刻み込まれた。

いつも自分が患者に告げる言葉が蘇《よみがえ》る。

『完璧に理想の姿になるのは難しい』

『理想は変わっていく可能性がある』

遥斗と史紀は顔かたちはそっくりだから、美容整形の話とは違う。けれど、理想とする誰かを思い浮かべ、そこに近づけようとすることは同じだ。

しかも、自らの意思で変わりたいと願う患者に比べ、自分は他人の性格を変えたいと願った。好みの恋人像に近づけたいというならまだ許される話だろうが、実際は、大切だった忘れられない過去の恋人に似せたかったのだ。

許されるはずのない、傲慢《ごうまん》な執念。

瀬川に諭《さと》されるまでもなく、自分でもひどいことをしている自覚は持っているつもりだったが、そんな生易《なまやさ》しいものではなかったことに、あの晩遥斗の笑顔を見てようやく気づいたのだ。

そして同時に、その日を境に佳明は遥斗を見る自分の目が変わりつつあったことを知った。

史紀は喜怒哀楽がはっきりしていて、断定的な口調で、けれどその分カリスマ性のようなものがあって。容姿だけではない、人を惹きつける天性の魅力があった。だから佳明とも数え切れないほど衝突したし、派手な喧嘩も日常茶飯事だった。喧嘩のあとの仲直りで情熱的に燃え上がり、我が儘が憎らしく思えたり可愛くてたまらなかったり。

振り回される恋愛を決して望んではいなかったのに、史紀といると日常のすべてがスリリングで波乱に満ちていて、予想外のことばかりしでかす同い年の恋人に翻弄されるのは、付き合っていくうちに何物にも代え難い楽しみとなっていた。

だから、史紀とそっくり同じ容姿でも大人しく我慢強い遥斗に、佳明はずっと歯痒い思いを抱いてきた。もっと感情を表に出してほしい、傷つけることを怖れず言いたいことを言ってほしい、常にそんなふうに願っていた。

願っていた——はず、だった。

思えば、あの晩の前から二人で過ごすまったりした時間に居心地のよさのようなものを感じ始めていたことに気づく。特に会話がなくても気詰まりせず、落ち着いた雰囲気は悪くなかった。

遥斗の持つ優しい空気に慣れて、口数が少なくてもいつしか気にならなくなっていた。なかなか我が儘を言わない彼に、以前ははっきり言わせたいと思っていたのに、今はこちらから望んでいることを探って叶えることに喜びを感じ始めている。

大人しい恋人は、遠慮してなかなか望みを言わないから。だから、表情や仕種をさり気なく観察して言われる前に叶えてあげるのが、いつの間にか癖になっていた。言葉にされることのなかった願いをぴったり叶えると、遥斗はいつも大きな目をさらに大きく見開き、なんともいえない笑顔になる。照れてはにかんで、とても嬉しそうで、その顔を見ると達成感が湧き上がり、もっと愛おしくなるのだ。

これまで見た遥斗の表情をつらつらと思い出していた佳明は、ふとあることに思い至り、頭から冷水を浴びせられたように固まった。

もし——遥斗がすべてを知ったらどうなるだろう。

かつての恋人の面影を追い、そっくりな彼に求愛し、それだけではなく性格も似せたいと強引に誘導した。今は遥斗自身に惹かれている。けれどその事実を知ったとき、遥斗は間違いなく大きなショックを受けて傷つく。

言い訳なんかできるはずもない。今は遥斗を愛していると告げたって、そんな言葉はなんの免《めん》罪符《ざいふ》にもなりやしない。

史紀に近づいた遥斗ではなく、まさか『平井遥斗』そのものを好きになることなんてまったく予想もしていなかっただけに、怖ろしいことをしてしまったのだと今さらながらに気がついた。

「——……」

薄い口唇を震わせ、佳明は手の中のコーヒーがすっかり冷めるまで、その場から微動だにできなかった。

*

アルバイト先のカフェで働いていた遥斗は、壁に掛けられた時計を見上げた。

場所柄、時間を気にする客が多いので、時計は学校の教室に掛けられているような文字盤が大きくシンプルなものだ。あと十五分で上がれることに気づき、自然と口許が綻《ほころ》ぶ。

今夜も、佳明と待ち合わせて食事に行く約束だった。

浮き立ちそうな心を戒《いまし》め、店内に客が一人もいないのに努めて集中してカップを拭いていると、店のドアが開いた。視線をやれば、数ヵ月前に一度訪れたきりだがよく憶えている客だった。

「いらっしゃいませ」

もちろん記憶にあることはおくびにも出さずに挨拶したが、男は相変わらず遥斗を見ると一瞬怯んだ様相を見せた。内心でため息をつき、男が適当な席に着くのを見守る。

件の男をなぜ憶えているかというと、顔を見るなり驚いた表情を見せられ、名前を聞かれたせいだ。平井と名乗ったが半信半疑だったようなので、ネームプレートも見せた。

さらに年齢や兄がいるかどうかなどを聞かれ、途中で訝しんで黙ってしまうと、男も客観的に見て自分の言動が不審であることを自覚したらしく謝罪した。それからは大人しくコーヒーを飲んでいたが、遥斗にとっては腑《ふ》に落ちない出来事だった。

以前、中谷に笑い話として話したことを思い出す。

今夜も男は驚いた表情になったものの、それはすぐに消え失せた。席に着くなり書類を広げたのを見て、残業中に気分転換で出てきたのだろうと予測する。この辺りは官公庁ばかりで時期によっては徹夜も珍しくない国家公務員がたくさんいるため、不思議ではなく日常的な光景だ。

メニューを開くことなく仕事を始めたので注文が決まっているのだと判断し、遥斗はオーダーを取りに行った。

「いらっしゃいませ。ご注文をお伺いいたします」

「ホットで」

「かしこまりました」

短い会話の間、男はもう遥斗を一瞥《いちべつ》することもなかった。以前の彼の言動から、誰か知り合いにでも似ているのだろうかと思ったのだが、完全な別人だと納得したらしい。

店のロゴが小さく入っただけのシンプルな陶器のカップにコーヒーを注ぎ、遥斗はテーブルの邪魔にならない位置にそっと置いた。そしてカウンターに戻り、再び食器洗浄機からカップを出しては拭く作業を再開する。

「いらっしゃいませ、……」

ドアが開き、佳明が入ってきた。真っ先にカウンターにいる遥斗に目をやって、付き合っている相手だからこそわかる程度の小さな笑みを浮かべ、次に席を見繕うべく店内を見回して——。

「橘高」

「……瀬川」

呆然と互いを見つめる二人に、遥斗も驚いた。この二人が知り合いだったなんて、思いもしなかった。

ところが、どういう関係なのか想像するより先に、瀬川と呼ばれた男が遥斗をちらりと見やった。苦虫を噛みつぶした表情になり、手にした書類を鞄に突っ込んで立ち上がる。

「……橘高、ちょっと」

「……何」

「いいから」

やや強引に佳明の手を引いて、瀬川は店を出てしまった。とはいえ遠くには行かず店の入り口で話をしているので、ガラス越しに様子が見える。さすがに財布と携帯電話くらいは身につけているのだろうが、瀬川は鞄を椅子に置いたままだしテーブルには筆記用具やカップが残されているしで、店から離れられないのだろう。

よほど急ぎの話なのだろうか。

見た感じあまり友好的ではなく、どことなく不穏な雰囲気が漂っているので、遥斗ははらはらしながらそれとなく窺《うかが》っていた。

それに、瀬川が佳明を連れ出す前に自分を見たのが気になった。一瞬だけだったが顔を顰めていたのがはっきりとわかったし、一連の動作の意味がわからず不快になるというより不安になる。

「おはようございまーす」

「あ、柳さんおはよう。平井くん、お疲れー。アップね」

「あ——はい。お先に失礼します」

気づけばアルバイトの終わる時間だった。店長の指示で今やってきた真希子と交代して事務所に行き、遥斗は素早くユニフォームから私服に着替える。

逡巡したが、遥斗は店の入り口に回ることにした。

いつもの約束では、遥斗が店を上がったのを見計らって佳明も店を出て、すぐ近くのコンビニ前で落ち合うことになっている。事務所は店の裏側に出入り口があるので、コンビニに行くときに店の入り口を通らないことは佳明も知っている。

今夜わざわざルートの反対側である店の入り口に向かったのは、ただならぬ様子に胸騒ぎがしたからだ。

予想に違わず、角を曲がりかけたところで緊迫した声が聞こえ、遥斗は足を止める。

そっと壁から窺うと、二人はまだ突っ立ったまま話をしていた。

「どういうつもりだ。付き合ってるなんて聞いてないぞ」

「……なんでお前に報告しないとならない」

「あの子のことをお前に教えたのは俺だろう」

「だからって、報告する義務はない」

話題が自分のことなのだとわかり、遥斗は出ていけなくなってしまった。

佳明は苛々した仕種で何度も腕時計を確認している。自分が上がる時間を知っているからだ。

コンビニに行くのが遅れると、恋人が心配して戻ってくるかもしれないと思っているのだろうか。

この話を聞かれたくないのだろうかと感じ、そうするとなおさら気にかかって、遥斗は無意識

のうちに息を潜めて二人を見守っていた。

やがて、詰問《きつもん》口調だった瀬川が深いため息をついたあと、宥めるような口調に変わる。

「……どうして。もう十年以上も前のことだろ？　学生時代はもうとっくの昔に終わったんだ、お前だって昔のことは想い出にしたはずじゃないのか」

「……」

「あの子は史紀のことを知ってるのか？」

「……話す義理はない」

「あの子の気持ち、考えたことがあるのか？」

質問を重ねても佳明がろくな答えを口にしないからだろう、瀬川はいったん話をやめると、数秒ののちぴしゃりと言った。

「橘高。いくらそっくりでも、あの子と史紀は別人だとわかってるのか」

その台詞に、遥斗は凍りついた。

彼は今、何と言ったのだろう？

呆然と立ち竦む遥斗に気づくことなく、黙り込んでいた佳明が口を開く。

「――だったらなぜ、あの日俺に連絡してきた」

「――……」

聞いている遥斗ですら、背筋がひやりとするほどの冷たい声だった。

知らず、壁についた手にぐっと力を込める。

佳明の問いに、瀬川はやりきれないとでも言いたげにかぶりを振った。

「俺の失敗だったよ。お前の中で、もう終わったことだと思ってた。だから……懐かしい気持ちになって、つい。お前にとってあいつは特別だっただろうけど、俺にとっても大事な友人だったから。あいつの話をできるのは、お前しかいなかったから」

「……勝手だな」

「勝手だよ。大失敗だった」

絞り出すように言い、瀬川は執拗に念を押す。

「いいか橘高、あの子は何も関係ないんだ。傷つけたりしたら最低だ」

「そんなことは言われなくてもわかっている」

「じゃあどうして」

「俺もいろいろ考えてる。もう口出しするな」

切り口上で告げ、佳明が踵《きびす》を返した。待ち合わせ場所であるコンビニに向かうためにこちらに来そうだったので、遥斗は慌てて引き返し、先ほど出てきた事務所に通じるドアを見て目を瞠る。

オートロックなので、通常は施錠されているはずのドア。しかしたまにゴミ捨てなどのために外に出るとき、いちいち鍵を開けるのが面倒なのでドアが閉まらないよう間に何かを挟んでおくことがある。今ちょうど誰かがちょっとだけ出ている間らしく、事務所の備品であるモップの柄が挟まっていた。

ドアを引き、遥斗は身体を中に滑り込ませた。ドアに背を預けると、急に走ったせいで自分の荒い呼吸が無人の事務所に響く。

いや――息が乱れているのは、走ったからだけじゃない。先ほどの瀬川と佳明の会話を聞いたせいだ。

あの子の気持ちを考えたことがあるのか。傷つけるのは最低だ。『あの子』とは間違いなく自分のことだ。

佳明と付き合い始めて、傷ついたり哀しくなったりすることなど一度としてなかった。瀬川がなぜあんなふうに咎めるのかわからない。

わからない――…

「……、……」

昔のこととはなんだろう。佳明の学生時代にあった出来事で、今は終わっているはずのこと。

たった数ヵ月しか付き合っていない自分が知る由もない。

『史紀』とは、誰のことなのか。

「――!?」

「あ、ごめ」

急に背後のドアを引かれて、ぐるぐると思考が散らかっていた遥斗は叫び声を上げそうなほど驚いた。慌てて身体をずらすと、ユニフォーム姿のアルバイト仲間が入ってくる。ゴミ捨てから戻ってきたのだろう。

「悪い悪い、誰かいるなんて思わなくて」

「いや……、こっちこそごめん」

「今から出るとこだったんだよな？　お疲れー」

「う、ん。お疲れさま。お先に」

明るく送り出され、現実が戻ってきて、遥斗は少し落ち着いた。事務所を出てすぐのところで何度か深呼吸し、忙《せわ》しない動悸を宥める。

それでも心拍数は速いままでどうにもならず、かといっていつまでもこうしているわけにもいかなくて、遥斗は渦巻く不安を押し隠しながら約束のコンビニに向かった。

店を覗くと、通りに面した雑誌コーナーで適当な一冊をぱらぱら捲っている佳明の姿が見える。その表情は普段と変わりなく涼しげなもので、つい今し方まで瀬川と激しく言い合っていたなどとは微塵も感じさせなかった。

「いらっしゃいませ」

自動ドアを潜ると、店員の声をバックに佳明が顔を上げた。遥斗を認めてすぐに雑誌を棚に戻し、近づいてくる。

胸のざわめきを押し殺し、遥斗も立ち話を聞いていたことなど一切感じさせないよう、努めて普段どおりの表情で言った。

「待たせてごめん。事務所のゴミ出し頼まれてて」

「いや、構わない。俺もちょっと立ち話してたから、さっきここに来たところ」

上手くごまかせたらしい。佳明の隙のない眼差しは、遥斗の言葉で柔らかいものに変わった。

事務所から真っ直ぐコンビニに行けば店の入り口は通らないことを佳明も知っているので、あっさり納得したようだ。

「何飲む？」

「ええと」

待ち合わせに利用しているから、店を出るときは必ず何か買うことにしていた。ペットボトルの飲み物が大半で、それを買えばこれから二人で佳明のマンションに向かう合図になっていた。

ガラスの扉を開けてチルドケースを覗き込みながら、遥斗は心ここにあらずだった。この心臓の音が隣にいる佳明にも聞こえてしまいそうだ。顔を見たのに、落ち着かない。むしろ不安がどんどん膨《ふく》れ上がってくる。

佳明がまったく動じた様子を見せていないのは、自分と同じで先ほどの動揺を悟らせないよう努めているからだろうか。

それとも——瀬川との話は彼にとって、狼狽《ろうばい》するほどのものではなかったということか。

「俺、これにしよう」

ちょうど目の高さにあった一本を手に取り、遥斗はチルドケースを閉めた。ぎこちなく映らないよう適当なタイミングで目の前のものを取っただけなので、なんの飲み物なのかすら確認しなかった。

二人でレジに向かいながら、何も言わないのも却《かえ》って不自然かと思い、慎重に言葉を選びながら切り出す。

「佳明さん、あのお客さんと知り合いなんだね」

「え？　あぁ……古い友達」

「ふぅん」

十年。瀬川は十年以上前だと言った。佳明の今の年齢を考えると、大学か高校時代の友人ということになる。

「古い友達って、大学の……」

言いかけて、遥斗はみぞおちの辺りがひやりと竦む感覚に陥った。十年という単語は、二人が話している間で出たものだ。迂闊《うかつ》なことを言えば、立ち聞きしてしまったのだとばれる。

「俺の大学の友達が官僚目指してるって言ってて、ほら……あの店場所が場所だからお客さんに多いし、あんな感じになるのかなって」

咄嗟のごまかしは、特に不審には思われなかったらしい。

もしかすると、佳明もそうは見えないだけで焦っており、恋人の不自然さに気づいていないかもしれないとふと思った。

「あいつ経産省勤めだから、いかにもだな」

「そうなんだ、エリートだね」

話しつつ、佳明が会計を済ませるのを見守る。

剝《む》き出しのままではなく袋に入れてもらったペットボトルを受け取り、遥斗が手を出すのを制して持ってくれるのもいつもと同じ。佳明の横顔からはいつもと違う点がまったく見つからない。

それでも、店を出て駅に向かっているうち、遥斗は徐々におかしいと思うようになっていった。

冷静に考えれば、なぜ遥斗が自分の旧友を知っているのか疑問に思うはず。初対面時、驚いた顔をされた挙げ句にいろいろ質問されたエピソードを、佳明には一度も話していないのだ。

当たり前の質問が出てこないのは、平然としているように見える佳明もやはり動揺を引きずっているのか。

『あの子のことを俺に教えたのはお前だろう』

先ほど聞いた佳明の声が、耳許でぐるぐる回る。それにかぶせるように蘇るのは、瀬川が初めて店を訪れたときの驚愕の表情。

『君、名前は？』

『……平井です。……？』

『平井……。兄弟はいる？』

『え？』

『いや、ちょっと。兄がいるんじゃないかと思って』

『……いいえ。姉ならいますけど』

——ぞく、と肌が粟立《あわだ》った。

『平井がそいつの知ってる誰かに似てたとか』

得体の知れない恐怖が、足下から這い上がってくる。自分とそっくりな人物を目撃したら……だなんて、都市伝説に怯えているのではない。もっと現実的な恐怖。

隣を歩く恋人が、自分の顔を通して誰を見ているのかということ……。

「……」

ふと会話が途切れ、頬に視線を感じてはっと顔を上げると、佳明が心配そうに見つめている視線とぶつかった。

精一杯平静を装ったつもりだったが、ぼろが出たのだろうか。立ち聞きなんて、意図せずしてしまったこととはいえ誉められたものではない。

何か言おうとして、遥斗は言えなかった。ただ口唇を小さく震わせただけで、そのまま噤んでしまう。

そのとき急に肘を柔らかく引かれ、ぎょっとして声が出そうになった。

「脅かしたか、悪い」

「あ……、ううん」

「遥斗、疲れてるんじゃないか？　アルバイトでずっと立ちっぱなしだっただろうし、少し休んでから行こう」

「平気、疲れてないよ」

「でも顔色が悪い」

やんわりと、しかし半ば強引に言われ、遥斗は立ち止まった。もう駅の近くまで来ていて、幾つか店がある。

アルバイト先のカフェの周辺には喫茶店がないが、駅前まで来れば別だ。いつの間にか十五分ばかり歩いていたらしい。

心ここにあらずで、全然気づいていなかった。

「今から食事に行くつもりだったけど——」

独り言のように呟いた佳明は、しかし、いつものように「どうする？」と遥斗に聞くことはしなかった。

「本調子じゃなさそうだし、今日はやめよう。遥斗、何か食べたか？」

「うん、休憩時間に。四時頃」

「四時か……結構時間経ってるし、帰ってすぐ寝るにしても今軽く何か食べておいた方がいいかな」

林立するビルの一階にテナントを構えたいろんな店にさっと視線を走らせ、佳明はチェーンのうどん店に入った。ファストフードなどよりも胃に負担のないメニューだからに相違ない。

佳明は遥斗に何がいいか聞いたあと、席に座らせて自分で注文しに行った。ほどなくして、トレーを手に戻ってくる。

小さな二人掛けの席に向かい合わせに座り、遥斗は佳明に礼を言うと箸を取った。

「まだ先の話だけど。遥斗、来月の三連休に予定ある？」

「ううん」

「そう。じゃあ二人でどこか行かないか」

目を瞬かせると、佳明は湯呑みに手を伸ばしながら、僅かに身を乗り出した。

「うちは夏休みがなくて……ＯＬさんとか、お盆休暇を利用して来院されるからだけど、その代わり秋の連休に交代で休みを取ることになってる。俺は十一月の連休が割り当てられたから、どこか行かないか？　国内でも、海外でも」

「旅行……？」

「あぁ。まぁ俺の休みも長く取れてせいぜい平日一日追加して四日間だから、海外ならグアムとか台湾《たいわん》とか、近場になるけど」

思いがけない誘いに、遥斗は呆然と佳明を見つめた。まず初めに喜びがぶわっと膨れ上がってきて——次にじわじわと黒い靄《もや》が胸に広がる。

付き合い始めて、半年ほど。どんどん優しくなる佳明に夢中だったけれど、この優しさは果たして自分に向けられていたものなのだろうか。

初めて身体を重ねた晩、海外旅行の話をしたことを思い出した。あのとき、過去の恋人と旅行したことに思い当たらず間抜けな質問をしてしまったと羞恥を覚えた記憶が蘇る。

急に頭から冷水をかぶせられたような気分で、遥斗は佳明から視線をずらさないまま、口唇を震わせた。

彼に言われたように変わろうとして、実際喜ばしい変化があるから、優しさが増したのだということはわかる。けれど佳明の望みの数々は、恋人にはこうあってほしいという好みのためだけだったのだろうか。

もしかすると、佳明の頭の中には現実に存在する誰かがいて、その人物に近くなるよう変化を求めていただけなのではないか。

自分の知らない誰か――瀬川の口から出た、佳明と瀬川だけが知る誰か。

「……えぇと」

イエスかノーか、イエスなら何がいいのか。はっきり答えてほしいと刷り込まれた習性で、口が勝手に開く。けれど零れてきたのは明確な返事などではなく、曖昧で、佳明が眉をひそめる中途半端なものだった。

けれど、すぐに訂正して言い直すことが、遥斗にはできなかった。

何を言えばいいのかわからない。

佳明は即答しなかった遥斗を咎めなかった。迷っていると思ったのかもしれないし、今は気分が優れなくてあまり考え事ができないようだと判断したのかもしれない。

そのまま口数少なく食事を終えて、いつものように二人で佳明のマンションに行った。普段は遥斗に先にシャワーを浴びるよう勧めてくれる佳明だが、今夜は佳明の方から自分が先に入るとバスルームに行く。

その理由がわかったのは、交代で遥斗がバスルームから出てくると、すぐに休むように言われたときだ。

湯冷めしないようにとの配慮だろうが、時刻はまだ夜の九時を回ったところで、別に体調不良でもない遥斗が寝る時間でもない。

「佳明さんは?」

「俺はもう少し起きてる。目を通しておきたいものがあるから」

翌日の手術の下準備をしておきたいのだと言う佳明に、遥斗はリビングで佇んだまま、ぽつりと呟いた。

「今日は、しないの?」

言った遥斗も驚いたが、佳明もびっくりしたらしい。

瞠った目で見つめられて、羞恥が足下から這い上がってきた。これまで何度も、行為中は積極的にしてほしいと望まれながらもなかなかできなかったのに、興奮している最中ならともかく素面《ふ》の今こんな台詞が出てしまったのが信じられない。

けれど、これは決して佳明のために零れた言葉ではなく、遥斗の本音だった。

不安に駆られる今夜、誰よりも近い場所にいたい。不安を与えている当人に縋《すが》るのもおかしいと思ったが、ぴったり重なって一つに溶ければ揺らぐ気持ちも少しは癒《いや》されるような気がしていた。

彼が今好きなのは自分だと、そう思えるような気がしたから。

「……しない」

はっきりと言われ、胸がずきりと痛む。

佳明が近づいてきて、柔らかく遥斗を抱き込んだ。そのまま背中を撫でられ、遥斗は佳明の胸に頬を寄せると黙って目を閉じる。

「どうしたんだ、今日は」

「……」

「調子が悪いから心細いんだろ」

揶揄《からか》う台詞だが、口調は優しかった。じんわりと沁みていくような声音に、ふと思う。

最近、こんな声を聞くことが多くなった。

出逢い、付き合い始めて最初の頃も確かに優しかったけれど、こんなふうに甘やかす感じではなかった気がする。

何も言わない遥斗に、佳明はやがてため息をついてベッドルームに連れていった。遥斗をベッドに押し込み、いったん部屋を出ていったあと少ししてから書類を手に戻ってくる。

遥斗の横で、ベッドヘッドに背を預けて座り、佳明は部屋の灯りを落とした代わりにサイドランプをつけた。

「眩《まぶ》しい？」

「ううん」

「そう。じゃあ寝て」

「……」

それきり書類を読み始めた佳明の横顔を見上げ、遥斗は口唇を震わせる。

一人では寂しいかもしれないからと、隣にいることにしてくれたのだろう。サイドランプがあるとはいえ部屋は暗いし、ベッドはソファほど座り心地がいいわけではない。それでも傍にいる方を選んでくれたのだ。

向けられる優しさを嬉しいと感じるのと同じくらい、どうして優しくしてくれるのか理由を考えると不安でたまらない。

佳明がちらりとこちらを見て、早く寝ろと言うように髪を撫でた。

その仕種さえ理由を探ってしまいそうな自分が何より怖くて、遥斗は佳明の視線から逃れるように、毛布を頭まで引き上げた。

＊

「行ってきます」

「行ってらっしゃい」

もうお決まりになった挨拶を交わすと、佳明が心持ち腰を折った。玄関の段差が僅かとはいえ、もともとの身長差と佳明が靴を履いているせいもあり、まだ若干佳明の方が高いのだ。

小さなキスを交わし、ドアが閉まるまで手を振って見送って――遥斗は大きく息をついた。

朝目覚めるまで傍にいること、という約束を守るようになってから、必然的に繰り返されることとなった朝の日課。先に出ていくのが佳明だろうが遥斗だろうが、玄関先で挨拶してささやかなキスをする。

けれど、気分は落ち込んだままだった。

初めてこの儀式をしたときは、嬉しくて幸せでどうにかなってしまうのではないかと思えた。長く付き合うといろんなことに慣れてきて飽きると聞くことはあっても、この感覚はきっと何度繰り返しても色褪《いろあ》せない、そんなふうに信じていたのに。

先日、アルバイト先の店の前で瀬川と話していた佳明のことが、頭から離れない。あの日からずっと、不安が胸に巣食ったままだ。

「……」

気分を切り替えようと、遥斗は掃除機を取りに行った。今日は昼から講義があり、そのままアルバイトに行く予定だ。午前中いっぱいは空いているので、軽く掃除したあと勉強しようと予定を立てる。

リビング、寝室と掃除機をかけて、佳明の書斎のドアを開けた。

立ち入り禁止などは特に言い渡されておらず、何度も掃除したことのある部屋だ。ノートパソコンは持ってきていたがプリンタがないので、大学の提出物などで必要なときに借りたこともある。

そもそもデスクと本棚しかない部屋で、デスクの上は整理されてはいるものの付箋《ふせん》のついた医学書や書類などが大量に置かれているため、触ることなく床だけ掃除するのがいつものパターンだった。

今日も変わらず部屋の奥から掃除機をかけていた遥斗は、本棚の下の方に何かが落ちているのに気づいて手を止めた。見れば、ボタンだった。

吸い込まないよう慌ててスイッチを切って屈《かが》み込む。ボタンを拾い、ふと本棚を見ると、結構いろんな本が並んでいた。

最初にこの部屋に入ったときにざっと眺めたところ、大半が医療関係のものばかりだったので気にも留めなかったが、改めて見てみると、本棚の上部や下部には一般の小説なども並んでいる。一度読めば滅多に再読することがないため、取りにくいところに入れているのだろうか。

どんな本を読むのだろうと、遥斗は一つずつ背表紙のタイトルを確認していった。

佳明のことならなんでも知りたいと思うのは事実だが、今は特にそうだった。彼が何を思い、何を考えているのか、少しでも触れたくて仕方がない。

ニュースにもなったベストセラーもあれば、聞いたことのないタイトルもわりと多く、傾向はあまりわからなかった。

本屋で目に留まったものを適当に購入した結果なのだろうか……と思いながら流すことなく丁寧に見ていった遥斗は、下段の端の方にある分厚い一冊の背表紙を見て目を瞠る。

遥斗もよく知る都内の進学校の卒業アルバムだった。

「――……」

考えるより先に、手が伸びていた。普段だったら、いくら許可を得ていたといっても持ち主が不在のときに本棚を漁《あさ》ったりはしない。それでも意に反して手に取ってしまったのは、恋人の高校時代を覗いてみたいというささやかな慕情からだけではなかった。

先日の瀬川の声が、未だにこびりついているせいだ。

『お前にとってあいつは特別だっただろうけど――』

引き抜いて表紙を見た刹那、みぞおちの辺りを掴まれたような感覚に陥った。それが罪悪感なのだと、自覚していた。

ひやりとするその感覚は、ジェットコースターの天辺から落ちる瞬間にどこか似ていた。

無意識のうちに息を詰め、遥斗は表紙を一枚捲る。

古びているが品のいい校舎の写真と、学校の沿革がまず掲載されていた。

指は震えているのに、気持ちはどうしても逸る。慌ただしい手つきでページを繰っていくと、癖になっているのか、あるところでばさっとページが開いた。

三年E組と記されたタイトルを見て、癖がついているのだから佳明の在籍していたクラスなのだろうかと思ったときだ。

ざっと目線を走らせただけで、一点に釘づけになる。その写真を見た瞬間、遥斗は信じられない驚愕に口唇を震わせた。

——そこには、自分がいた。

正確には自分ではない。写真の下の名前は、真鶴史紀となっていた。着用している制服のブレザーも、遥斗の着ていたものとは違っている。

しかし目鼻立ちや全体の雰囲気は瓜二つで、遥斗はしばし呆然と、食い入るように写真を凝視していた。

探すまでもなく真っ先に目についたのも、見慣れた自分の顔だから目が自然に留まっただけのことだ。

「……、……」

ひくりと喉が鳴り、それで我に返る。

指先でそっと写真をなぞり、遥斗は忙しなく瞬きした。鼓動が痛いほど速くなり、息が苦しくなる。

佳明が瀬川と立ち話をしていたあの晩からずっと、ぼんやりと見えつつあったもの。それでもぼやけていることを理由に見えないふりをしていたのは、信じたかったから。

佳明との出逢いも、こうなった経緯もすべて、男同士という一点を除けばありきたりな恋愛の一つなのだと信じたかったからだ。

でもこうして写真を見てしまえば、揺るがぬ証拠の前に自分をごまかす言葉など、何一つ思い浮かばない。

昔、佳明はこの写真の少年にひとかたならぬ想いを抱いていたのだ。

相思相愛だったのか、佳明の片想いだったのかはわからない。けれど大切に想い、愛情を寄せていたのは間違いない。

それこそ、三十を超えた今もなお忘れることができないほど。遥斗など卒業してから滅多に開いたことのない卒業アルバムを、ページに癖がつくくらい見返すほど。

もうとっくに終わったはずだと、瀬川は言っていた。本棚の目立たないところに大事にしまわれていたこのアルバムは高校のものだ。佳明の年齢から十を引けば二十二、ちょうど大学卒業の

頃になる。

別れたのか、それとも想いを断ち切る決意をしたのか、どちらにせよそれが十年前だったということだろう。高校時代から好きだったのなら、十年以上もずっと記憶に残り続けていることになる。

佳明と初めてキスをした日の、どこか寂しげな眼差しを思い出した。綺麗だと、幾度となく誉めてくれた声が耳許で響く。初めて身体を重ねた晩に、何度も頬を撫でてくれた掌。

恋い焦がれた相手と交わすキスや交歓に舞い上がり、恋愛事に免疫のない遥斗は夢中だった。けれど、熱に浮かされたような今の恋人の顔を見ながら、佳明はいつも、いったい誰を思い浮かべていたのだろうか。

涙が滲みそうになって、遥斗は慌てて口唇を引き結んだ。大きく息をつき、まだ目が離せない写真を視界から消すように強引にページを捲る。

三枚戻すと、三年B組のページに佳明の写真があった。間違いなく佳明だとわかるが、今より若い分雰囲気が少し違う。そう思って、遥斗は思わず苦笑した。歳を重ねたとはいえ佳明本人同士より、赤の他人であるはずの自分と史紀の方がよっぽど似ている。

佳明と同じページに、瀬川の写真もあった。古い友人と言っていた二人は、高校時代のクラスメートだったようだ。

ふと顔を上げた遥斗は、当のアルバムが収まっていたところの隣にもう一冊の卒業アルバムがあるのを発見した。出してみると、中学校のものだった。抜き出してページを繰り、佳明、史紀、瀬川の三人が同じ三年一組に在籍しているのを認めたときは、もう力の抜けた笑いが吐息になって出ただけだった。

高校生の頃どころではない、十五年以上前の中学時代から引きずっているとは思わなかった。

これまでのいろんなことが、すべて一本の線で繋がる。

早々に内定をもらった自分が、アルバイト先から打診されて店舗を変わる。そこは、省庁に勤める瀬川が手近なところにあるカフェとして利用している店だった。ある日いつものように訪れたら、旧友と瓜二つのアルバイトに遭遇する。

そこから先は簡単だ。

驚き、懐かしくなった瀬川は、佳明に話す。二人が話しているときの様子を考えれば、それがメインの話だったのではなく、ただ互いの近況報告をしているうちに出た話題の一つだったのだろう。

それでも、瀬川の予想に反し未だに忘れられない恋人を胸に住まわせている佳明は、自分の目で確かめようと件のカフェに行った。

住居からも職場からも外れた店に佳明が来たことを、運命のようだと思っていたのが恥ずかしい。運命でもなんでもない、佳明はわざわざ足を運んだのだ。瀬川の話が本当なのか確かめたくて、かつての想い人に似た面影をどうしてもその目で見たくて。

コーヒーを零したあのひと幕は、今思えば佳明の画策だったのかもしれない。頭がよく迂闊なことはしない彼が、あのタイミングで余計な行動をするとは思えなかった。そうまでしてきっかけを作り、話をしたかったのか。

二度目に訪れたときはもう、その後の展開を思い描いていたに違いない。少しずつ親しくなり、好きだと告げてキスをして、それから——。

「……」

目許を擦《こす》って今にも溢れそうだった涙を無理やり閉じ込め、遥斗は改めてまじまじと史紀の写真を眺めた。

本当に、よく似ている。やや緊張した面持ちで写っている個別写真は、自分の昔の学生証に貼られていたものとそっくりだ。

アルバムの後半に掲載された、体育祭や文化祭などの写真では表情豊かな史紀が写っており、あまり感情を面《おもて》に出さない自分と似ているかどうかは客観的にわからない。ただかなりの確率で、近くに佳明がいるのが気になった。

二人が付き合っていたとしたら、同性同士で人目を忍ぶ恋だったに違いないと思う。完全に隣同士になっている写真は一枚もなく、ただ同じフレームに偶然映り込んでしまうほどの微妙な距離感だ。

同じ顔をした、けれどまったくの別人を見ながらページを繰っていた遥斗は、じきに悟った。

こんなに似ていても親近感がまったく湧かないのは、史紀が送った学生時代が自分のそれとは真逆であることに気づいたせいだ。

明るく、人の中心にいる性格なのだと、数多くの写真が教えてくれる。体育祭では応援団の衣装に身を包んでいたり、リレーバトンを手に疾走していたり。文化祭では当時流行し始めたばかりのメイド喫茶をしたらしく、店員に扮した数人とふざけた集合写真を撮っている。明らかに女装が似合っていない面子《メンツ》の中、中央で笑っている史紀は線の細さも相俟《あいま》ってわりと様になっていた。

自分の卒業アルバムを思い出してみても、こういった行事写真に写り込むことが殆どない。容姿は瓜二つなのに、カメラマンがシャッターを切りたくなる『被写体としての魅力』がないのだろう。対して史紀はかなりの数の写真に登場していた。本人が気づかないうちに撮られたと思《おぼ》しき写真はともかく、ポーズをつけた集合写真の類いはほぼ全て中央にいて、写るときは常に端か後列にいた自分とは正反対だ。

思ったことをストレートに言ってほしい、感情をもっと出してほしい。佳明が事あるごとに繰り返したのは、史紀がそういう性格だったからだとわかった。写真という形で切り取られた日常の一部を見ただけで、真鶴史紀という人物がいかに感情豊かで魅力的で、はっきりした性格だったのかが伝わってくる。

そっとアルバムを閉じ、遥斗は本棚にしまおうとした。当然動揺はまだ治まっておらず、ただ反射的に元あった場所に戻さなければと思っただけだ。このアルバムを佳明に突きつけ、事情を問い質すことなど考えつかなかった。

　二冊分のアルバムの僅かな空間を確保しようと、倒れてきた左右の本を手で押し分けた史紀は、その奥に雑誌のようなものがあるのを発見する。

　背表紙が見えるよう普通にしまわれていたアルバムと違い、それは表紙がこちらに向く形で本棚の奥にひっそりと隠されていた。

　一部だけ見えるタイトルは、経済誌のようだ。不自然なしまわれ方が気になって、遥斗は数冊の本を取り出すと奥から雑誌を引き出す。

　手に取ってみると、やはり経済誌だった。表紙に記された特集は、株やＦＸ《外国為替証拠金取引》など。どうしてこれが変な場所にしまわれていたのだと思ったとき、中に水色の付箋が付けられていることに気づく。

　そのページを開いて、遥斗は目を瞠った。

　アルバムから十年ほど成長した史紀が、スーツ姿で写っていた。

　右向きのバストアップの写真は、写真だけでもわかるほどのオーラを放っていた。着ているものは明らかに高級品だが、そのせいだけではなく、人物から滲み出る自信のようなものだ。強い光を宿した眼差し、勝気な口許が、ともすれば繊細で頼りなげな容貌をぐっと強者のそれにしている。

顔立ちは本当に自分に似ているが、生まれてこの方《かた》こんな表情をしたことがない。見出しに目をやると、『未来の後継者に聞く』となっていた。史紀のほかにも三人、若く頭のよさそうなスーツ姿の人物が載っている。

史紀の写真の下にプロフィールがあり、そこで真鶴家についてごく簡単に説明されているのを見て、遥斗はスマートフォンをポケットから引っ張り出した。検索して、表示された中から幾つか斜め読みし、なんともいえない気持ちになった。

真鶴という名字を前面に出しているわけではないので気づかなかったが、大学生の遥斗も知っている企業やビルを幾つも所有している資産家だ。プロフィールによると、史紀は本家の三男坊だった。長男ではないし、真鶴家が有している企業の大半は世襲制でもないが、ポストは幾らでもあるのは想像に容易《たやす》い。

記事はインタビュー形式で、若い御曹司から見た日本の今後や自身の展望などについて質問していた。史紀の回答の端々から、非常に頭の回転が速いことと、歯に衣着せぬ物言いをすることが窺える。

顔は本当にそっくりなのに、生まれも育ちも考え方もこんなに違うのがいっそ新鮮だった。容姿、経済力、肩書きなど、佳明も相当なスペックを有しているが、この男が相手なら、さすがの彼も諦めざるを得なかっただろう。

恋愛は本人同士の気持ちが第一だといったって、これでは前提がレアケースすぎる。しかも男同士となれば、成就すると考える方がおかしい。

それでも――理知的な佳明だからこそ、そんなことはわかりきっているはずなのに、こうして雑誌まで大切に取ってあるのが切なかった。

学校を卒業して社会人になっても、まだなお胸に抱いている恋心。それだけ本気で好きだったのだ、今も好きなのだと思えば、ただ顔が似ているだけの自分はどうやったって太刀《たち》打《う》ちできないと感じてしまう。

胸が痛くて、遥斗は目を閉じた。

苦しいのは、佳明が好きだからだ。

身代わりを求めている相手に本気で恋をしてしまったなんて、笑うに笑えない。

この雑誌やアルバムを突きつけて佳明から話を聞き、内容次第では別れるか。それともすべてを胸に秘めてこのままの関係でいるか。

身代わりなのかもしれないと知って言葉にできないほどつらいけれど、逆に言えば、何も知らなかったあの晩までは幸せだった。本当に、なんの不満もなかったのだ。

それを思えば黙っているべきなのかもしれない気がする一方で、知ってしまった以上は付き合っていても幸せなど感じられないかもしれないとも思う。

自分はこれからどうすればいいのか考えて、それでも答えはそう簡単に出るものではなく、遥斗は途方に暮れた。

＊

「――…、……」

ゆっくりと抜け出していく指に息を詰め、遥斗は目を閉じた。

アルバイト帰り、同じく仕事帰りの佳明と待ち合わせ、このホテルに来るのは二度目だった。まだ慣れたとはいえない内装が視界から消え、与えられる感覚だけがすべてになる。

視界が閉ざされたせいで逆に感覚が鋭敏になり、淫らな体感に口唇を噛み締める。

圧し掛かっている佳明にすぐに口唇の端をぺろりと舐められ、反射的に瞼を開けた。潤んだ目に映る顔はぼやけていて、けれど間近で感じる息遣いはたまらなくリアルで、無意識のうちに佳明の首に腕を回す。

「――ン、ふ」

繰り返されるキスの間を縫うように内腿を開かされ、待ち侘びていたものの切っ先が宛がわれた。硬い肉にじっくりと割り拓かれていく感覚があまりに卑猥で、神経がそこに集中する。

深く口唇を重ねられたと同時に軽く腰を揺すられ、感じる部分を刺激された反動でくぐもった声が零れた。

最初は違和感の方が大きかったのに、今は違う。感じているこれは間違いなく悦《よろこ》びで、期待の方が勝っている。

それなのに、胸がこんなに寂しい。

すかすかした空洞を、風が吹き抜けているような感覚だった。

肌は熱く、佳明と重なっている腕や腿すら汗ばんですらいるのを自覚している。頭は冴えているとは言い難く、ここまで施された愛撫で半分溶けているようなものだ。けれど、抱き合っていても感じる寂しさは如何ともし難く、遥斗は佳明の胸に額を押しつけた。

ん、ん、と小さな声を零す遥斗の背中を抱き締め、中途半端なところまで埋めたまま、佳明が耳許で囁く。

「可愛い」

その言葉が聞こえた瞬間胸が疼《うず》いて、遥斗は佳明の胸に額を押しつけたまま目許を歪《ゆが》めた。

ずっと大切にしている『彼』にそっくりのこの顔は、佳明には確かに可愛く映っているのだろう。そう思って、けれど醒めない理由はただ一つ、やっぱり好きだからだ。好きな相手に慈しまれて、嫌な気はしない。たったひと言で胸が痛痒く疼くのが何よりの証拠。

「顔、見せて」

促され、躊躇する。それでも結局顔を上げる。視線が合うと、佳明の蕩《とろ》けそうな眸が自分を見つめていた。

その眼差しを見る限り、自分を通してほかの誰かを見ているとは思えないのだ。

触れてくる指も本当に優しくて、大事にされているのは間違いないと感じている。

乱暴にされたり、一方的に欲望をぶつけられたりしたことなど、一度だってなかった。初めての晩はもちろん、そのあとのぎこちない時期も、それを越えて少しずつ慣れてきた時期も、いつも丁寧に愛された。

今だって、こんなに情熱的で、触れる口唇も紡がれる言葉もあたたかいのに。

それでも、愛されているのは『彼』ではなく自分なのだと胸を張って言うことは、到底できなかった。

信じたいのに信じられないのは、瀬川との会話を聞いてしまったせい。アルバムを見てしまったせい。

佳明は瀬川と話すときは店を出ていたし、アルバムだってこれ見よがしに開かれていたわけではない。すべては自分の行動のせいだ。

佳明と出会うまで恋愛経験がまったくなかったことも、遥斗が自分の目に自信を持てない一因だった。

付き合っている相手がどうやら心変わりしたようだと察したり、逆に自分が別れを考え始めながらも表面上はこれまでと変わらず振る舞ったり。たまに耳にする友人たちの恋愛話をそういうものかと思いながら聞いていたが、いざ自分となるとさっぱりわからない。

付き合い始めの頃より、佳明はさらに優しくなったと思う。親密度が増している自覚もある。

けれどその反面、真実を知ってしまった今すべてが不安で、全部ただの錯覚なのかもしれないと思う瞬間がある。

「……、佳明さん……っ」

中途まで挿入したまま動かない佳明に、遥斗は消えそうな声で名前を呼んだ。

早く、一つに繋がって。行為が深まれば余計なことを考える余裕もなくなるのに、佳明は腰を動かすことはなく、遥斗の顔のあちこちに軽いキスを落とし続けるだけだ。

抱かれることにすっかり慣れた身体は、半ばで止められて焦《じ》れていた。

佳明の形を憶えているそこがひくつき、中に誘い込もうと蠢《うごめ》いているのが自分でもはっきりと感じられ、はしたない反応がばれる前に先に進んでほしいと切望してしまう。

「ん？」

問いかけてくる佳明は目が少し笑みを含んでいて、遥斗が何を言いたいかなどお見通しなのだと伝えてくる。それなのにわざと聞くなんて意地悪だと思い、すぐに遥斗ははっとした。

はっきり言って。我が儘は大歓迎。二人だけのときは大胆になって。

かつて請われた言葉の数々が怖ろしい速さで脳裏を駆け巡っていく。

早く欲しいとかもっと奥とか、卑猥な本音が喉に引っ掛かった。求められている言葉はわかっている。あとは声にするだけなのに。

「……、ぅ」

羞恥が先に立ち、口許が歪んだ。

ところが――しばらく遥斗の顔を眺めていた佳明は、予想に反してぎゅっと抱き締めてきた。大きな掌で何度も頭を撫でられ、遥斗が戸惑っていると、口唇に触れるだけのキスを繰り返しながら言う。

「ごめん、困らせた」

「……?」

「困ってる顔が可愛いから、つい」

そう告げる佳明の表情は本当に楽しそうで、困惑する。

いつ頃からか、希望をあまり言われなくなったと思ってはいたが、それは自分が少しずつでも変わろうとしている姿勢を酌んでくれているのかと考えていた。しかしそれなら、今の台詞の意味がわからない。

「あ、……っ、ぁ」

肝心の台詞を口にしていないにもかかわらず止まっていた塊が再びゆっくりと侵入してきて、遥斗は佳明にしがみついた。いろいろわからないことだらけで、もう自分がどうすればいいのか一つも思い浮かばなかったが、奥まで犯されるごとに意識が混濁して考えるのが億劫《おっくう》になってくる。

再び口づけられ、今度は口腔の奥深くまで探られたあと、下口唇を甘噛みされた。じんじんと痺れたようになっているそこは、きっと少し腫《は》れている。

そのぼんやりした感触が心地好くて、無意識のうちに目を細めて佳明を見つめると、柔らかく髪を撫でられた。

このまま、何もわからなくなるまで溺《おぼ》れたい。めちゃくちゃにされて、ただ自分を抱く腕だけに縋り、疲れ切って寝てしまいたい。

「……っと、もっときて」

先ほどは口にするのが躊躇われた淫らな言葉が、今はするりと出てきた。

行為を彩るためのものではなく、現実逃避したくて零れ落ちた本音だから、羞恥も逡巡もなかった。

佳明は驚いたように一瞬目を瞠り、その表情を見て自分が何を言ったのか気づいて顔を赤らめた遥斗だったが、望みどおり隙間もないほどぴったりと挿入された欲望に胸を喘《あえ》がせる。

あとはただ揺さ振られるままに声を上げ、快楽の渦《うず》に堕ちていくだけだった。

＊

俺に好きだって言ったのは、昔の恋人と顔が似てるから――？

そのひと言を切り出せないまま、遥斗は今日も佳明のマンションで鬱々《うつうつ》とした気分でいた。

もうすぐ佳明が帰ってくる。夕食の支度はしてあるから、すぐに食べられる。きっと佳明は喜んでくれるはず。

けれど、嬉しそうな佳明の顔を想像してみても、遥斗の心は晴れなかった。

ダイニングテーブルの椅子に座り、室内をぐるっと見回してみる。

都内の利便性のいい場所に建つマンションなのに、広い部屋。シンプルだが安物ではない調度品、大きなテレビに洒落た観葉植物。

生活臭があまりない代わりに、とても綺麗だった。

まるでモデルルームのようなこの部屋に、佳明が本当に招きたかったのは、きっと自分じゃない。自分と同じ顔をした、違う男。

ここに存在していいのだろうかと思った瞬間、すっと足下の床が消えたような覚束《おぼつか》ない感覚に襲われた。

あのアルバムを見てしまった日から、すべてを否定されている気が拭えない。

分不相応なマンションで半同棲生活を送り、けれど相手である恋人は自分の顔を見て違う誰かを思い浮かべ、夢見ていた日常を過ごしているつもりかもしれない。こちらに向けられる情熱的な眸は、容姿という表面を通して本当は違う中身の人間を見つめているのかもしれない。

これ以上この部屋にいても、どんどん自分がなくなっていくだけかも……そんな考えがちらりと過り、遥斗はシャツの胸の辺りをぎゅっと握り締める。

佳明の愛情が自分に注がれていなかったのだと知っただけで、こんなにも苦しい。それなら傍にいなければいいだけなのに、離れるのも怖い。

彼は、初めてできた恋人だ。自分を見つめる眼差しも愛を囁く声も、本当に本気なのだと感じてきた。

事実、佳明は優しかった。付き合って最初の頃はいろいろ言われたこともあったけれど、いつからか何も言わず、ただ恋人を肯定して引っ込み思案なところも含めて丸ごと愛してくれたように感じている。

すべてが嘘だったなんて、思いたくない。あのアルバムを見るまで、佳明から齎《もたら》される幸せになんの疑問も抱かなかったのだ。このまま見なかったことにすれば、これまでと変わりない時間が流れていく。

「……！」

玄関の施錠を外す音が聞こえ、物思いに耽っていた遥斗ははっと顔を上げた。

慌てて立ち上がると、椅子の脚に引っ掛かって転びそうになった。落ち着けと自分に言い聞かせ、玄関に向かう。

ドアが開き、佳明が入ってきた。

「ただいま」

「……お帰りなさい」

「食事、できてるのか」

仄かに漂う匂いで気づいたらしく、佳明の視線がついとキッチンのある方向に流れる。玄関からキッチンは壁で隔たれて見えるはずもなかったが、佳明はすぐに穏やかな笑みを浮かべて遥斗を見つめた。

「なんだろう、楽しみ」

「和食だよ。……佳明さん、先にシャワー浴びるよね？」

普段と変わらない会話を交わし、ふと背筋が寒くなる。今の会話を、佳明は『平井遥斗』と交わしている自覚があるだろうか。

自分を通して見ている誰かと、会話している気分になっているのではないだろうか……。

「……なんか元気ないな。体調悪いのか」

佳明の目がふと翳《かげ》り、手が伸びてきた。額に掌を当てられそうになって、遥斗は慌てて腰を引きながら言う。

「そんなことない。じゃ、佳明さんがシャワーから出てきたら食べられるようにするね」

踵を返してリビングに向かうと、腑に落ちない顔ながら佳明も続いて入ってきた。まずジャケットを脱いでソファの背に引っ掛け、次にネクタイを解く。

視界の端でそれを捉えながら、遥斗は隣接するオープンキッチンの食器棚を開けた。十五分後に食事が始められるよう、準備をする。

佳明は殆ど自炊しないが、綺麗好きらしく皿洗いは苦にならないようで、出来合いの惣菜などを買ってきてもきちんと器《うつわ》に盛っている。食器は平皿や茶碗など最低限のものが、どれもふた組ずつあるだけだった。

ふた組——誰かが来ることを想定していたり、忙しくてすぐに皿洗いできない状況を考えていたり、もともと二つワンセットで販売されていたり。一人暮らしの人間が食器をふた組ずつ持っていることに、特に疑わしい点はない。

けれど、自身も一人暮らしでそれがわかっているものの、遥斗はどうしても疑惑を拭い去れなくなっている。

この食器は、佳明が『彼』と暮らすために購入したのではないか。それなら、同じ顔をしているというだけの理由で自分がこれを使うのは許されることなのか。

——これまで当たり前のように使ってきた食器一つにすらいちいち疑心暗鬼《ぎしんあんき》になって、胸が絞られるように痛くて。そんな毎日を、これからもずっと過ごしていくのだろうか——。

そんなことを考え、注意散漫になっていたのがいけなかったに違いない。

あまり使わないため、やや高めの段の奥にあった魚用の長方形の皿を出そうとしていた遥斗は、手首を手前の器に引っ掛けてしまった。あっと思う間もなく陶器の器が落ちてきて、反射的に目を閉じたものの結構な勢いで顔に当たる。

右の眉の辺りに衝撃を感じた一瞬後、ガシャンと鋭い音が空気を裂いた。

「――遥斗⁉」

音を聞いて、佳明が声を上げた。目を開けた遥斗は自分の足下に散らばる白い陶器の欠片を見て、慌てて制止する。

「来ないで佳明さん、危ない。ごめん、ちょっとぼんやりしてて……」

謝りつつ、屈み込んで大きな欠片を手で拾おうと指を伸ばしかけた遥斗は、汗がすっと右のこめかみを滑り落ちたのに手を止めた。無意識の動作で先に掌で汗を拭い、再び欠片に手を伸ばす。その指が紅く濡れているのを怪訝に思ったのと、さっき汗だと思ったのは血なのだと気づいたのは同時だった。

そもそも秋も深まった今の時期、肌寒い夜はあっても汗が流れ落ちるほどの暑さを感じるはずもない。

「遥斗！」

制止を無視して佳明がキッチンに乗り込んできた。床や、散らばった白い陶器の欠片の上にぽたぽたと落ち続ける自分の血を呆然と見ていた遥斗は、佳明の足先が視界に入ってスリッパを履いていたことに安堵した。危険なのに変わりはないが、欠片を踏んで大怪我をすることはないはずだ。

遥斗は幼少期から無謀なことはせず、血が出るような怪我も殆どしたことがなかった。自分でもびっくりして、ただ落ちていく紅い雫を見つめながらピントのずれたことを考えていたが、佳明にぐいっと顔を上げさせられて瞠目した。たらたらと落ちてくる血が目に入りそうになり、慌ててぎゅっと瞼を閉じる。

佳明はキッチンの引き出しから洗ってあるクロスを乱暴に取り出すと、それで遥斗の右眉を押さえながら鋭い声で問い質した。

「目はぶつけてないな？　当たったとき目は閉じてたか⁉」

「えっ？　た……たぶん――」

「目、見せて」

血が落ちないようにぎゅっと押さえたまま促され、遥斗は恐る恐る閉じていた目を開けた。焦点が合った視線の先に、佳明の真剣な顔がある。

佳明が目を覗き込んでくるので、至近距離で見づらく反射的に目を眇めてしまったが、ちゃんと開けろと命じられた。

「目は……目は傷ついてないみたいだけど、本当に当たってないな？　痛いとか霞んでるとかないか⁉」

「大丈夫。佳明さん、気にしないで。ちょっと当たっただけだし、たぶんすぐ――」

「すぐ血が止まるわけないだろう！　瞼が切れてる。これは縫わないと駄目だ」

「えっ」

思いもかけない台詞に、遥斗は呆然と佳明を見つめる。

確かに食器は当たったたが、割れた陶器の欠片がぶつかったわけではない。食器は、床に落ちて割れたのだ。顔に当たったときは形を保っていたし、縫わなければならないほど皮膚が切れるような事態になっているとは信じられない。

遥斗の表情で考えていることがわかったのだろう、佳明は早口で言った。

「瞼は薄いからすぐ切れるんだ。ちょっと待ってろ、すぐ処置するから」

クロスを押さえていろと言われて、遥斗は勢いに気圧《けお》されるままに頷いた。佳明がこんなに取り乱しているところを初めて見た。

あの夜——瀬川と口論していたときでさえ、こんなふうに焦った口調で捲《まく》し立てることなどなかったのに。

遥斗に傷口を押さえさせてその場をあとにした佳明は、すぐに洗面所からタオルを持って戻ってきた。遥斗の額からクロスを奪い取って床に放り、洗濯した清潔なタオルを代わりに強く押し当てる。

落ちたクロスが血でかなり汚れているのを見て、遥斗もようやく事態のひどさを実感した。痛みはあまりないので大したことがないだろうと思っていたのだが、この血の量はただ事ではない。

「佳明さん、白いタオルだと汚れ——」

「そんなことはどうでもいい！」

一喝《いっかつ》され、ひゃっと首を竦める。確かにこの惨状でタオル一枚にどうこう言うのもおかしな話だ。先ほど佳明がスリッパを履いていることで安堵したときといい、気が動転して変なことばかり気になっているに違いない。

今一つ傷に注意が向かないのは、あまり痛くないことも一因だった。硬い陶器が当たった鈍い痛みはあるのだが、こんなに出血するほど皮膚が切れているにもかかわらず、切創《せっそう》にありがちな鋭い痛みは特に感じない。

ただどんどん出血しているのは事実で、佳明は何度かタオルが傷に触れる位置を小刻みに変えた。

「遥斗、保険証どこだ」

「財布の中。そこのバッグの……」

言い終わらないうちに佳明は遥斗にタオルを押さえさせ、リビングの隅に置いていたバッグをひと言断って開いて、中から財布を取り出した。学生用保険証を確認すると、遥斗の財布ごと自分の鞄に投げ入れる。

それから自分のスマートフォンを手に取り、どこかにかけ始めた。診療時間外だが緊急事態なので開けてくれという話をしていて、伝手のある病院にでも連絡しているのだろうかと、自分のせいで大袈裟なことになっているのを肌で感じて青くなる。

再び遥斗に近づき、佳明は腕を引いて立たせた。

「行くぞ」

「ごめんなさ……病院閉まってる時間だよね」

「スタッフに連絡したし、大丈夫だ。瞼だけなら俺一人でいけるから」

「……え？」

驚いて、タオルで傷口を押さえたまま顔を上げた遥斗に、佳明は急かしながら言った。

「形成外科は殆ど総合病院しかないし、この時間だと夜間救急だから専門医がいるとは思えん。縫うだけなら整形でもできるが、下手な奴にやらせたくない」

「でも」

「うちは美容だが一部保険にも対応してるし、俺は形成外科医だ。絶対に元どおりに治してやるから」

断言して、佳明は遥斗に向き合い、真剣な目で顔を覗き込んでくる。

「絶対に、綺麗に治す」

「――……」

「この顔に、目立つ傷痕を残すことは絶対にしない」

絶対、と繰り返す佳明の顔を、遥斗は呆然と見つめた。

佳明の眸は怖いほど真面目で、悲愴感《ひそうかん》すら漂っていた。その目を見ているうちに、胸が激しく疼き出す。

顔なんかどうだっていいのに。『彼』に似たこの顔がなくなれば、『平井遥斗』はもう無用の存在になると言われたも同然だ。

摑まれた腕を振り解き、衝撃でよろめきかけた遥斗は慌ててシンクの縁を摑んで言った。

「いい、このままで」

「そんなわけにいくか！　縫わないと出血が止まらない、瞼は出血しやすいんだ」

「止まるまでずっと押さえとく。だから」

「駄目だ。大丈夫、麻酔するから痛くない。瞼の手術は数え切れないくらいやってる、心配することはない」

切羽詰まった声で宥める佳明に、遥斗は緩慢にかぶりを振った。

違う、手術が怖いのではない。この顔が傷つくことをひどく危惧し、何がなんでも元どおりにしてやると鬼気迫る勢いで言い切る佳明が怖い。

けれど佳明は遥斗の本意に気づくことなく、再び腕を引くと、玄関まで強引に引っ張っていった。

「安心して、何も不安に思うことなんてない。靴履けるか？　――あぁ、スニーカーじゃなくてそこのサンダルでいいから」

「……、……」

「あんまり頭動かさないようにゆっくり……そう」

頭の位置を不用意に動かさないようにだろう、佳明は遥斗がタオルを押さえた方の肘を摑んで誘導する。視界に佳明のシャツの袖口が入り、そこにも血がついていることに気づいて、遥斗は自分の服に目を落とした。

当然ながら、自分のシャツやジーンズにも血がついていた。ドラマの殺人犯のように派手な状態では決してないが、他人が見て血だとすぐわかるほどには目立つ。

着替えてからの方がいいのではないかと思い躊躇しかけると、佳明が険《けわ》しい声で急かした。

「服なんかどうでもいい、早く！」

「……う、ん」

焦る佳明に、遥斗は相槌を打つのが精一杯だった。

そんなに顔に傷が残るのが気になるのかと思うと、切れた瞼などよりずっとずっと胸が痛くて、壊れそうだったのだ。


通りに出てすぐに流しのタクシーを拾い、佳明の勤務先である美容外科クリニックの入ったビルに到着したのは二十分後だった。

夜八時過ぎで道路はそれなりに混んでいた。おそらく、普段佳明が通勤に使っている地下鉄の方が早かっただろう。けれど、汚れた服で血で染まったタオルを瞼に押し当てた状態で電車に乗るわけもいかない。

タクシーの運転手も困惑していたが、佳明の有無を言わさぬ口調に従うしかなかったようだ。緊急事態ということは明らかだったので、タクシーは頑張って走ってくれた。佳明も感謝したらしく、釣りはいらないと言った上に千円上乗せして払っていた。

エレベーターに連れ込まれ、七階で降りた遥斗は、既に灯りの落とされたガラス戸をぼんやりと眺める。

一部が磨りガラスになっているそこに、『杏美美容外科クリニック』と入っているドアを、佳明は無造作に開けた。鍵はかかっていないようだ。

受付は無人だったが、入り口近くのドアからすぐに若い女性が出てきた。ピンク色のタイトスカートに同色系のチェックのベストをつけて、シャツの衿元にスカーフを結んでいる。これが事務員の制服らしい。

もうかなり汚れてしまったタオルを右目の上に押し当てている遥斗を見て、一瞬目を丸くしたものの、彼女は別段動じたふうもなかった。

ジャケットもネクタイもなく所々血が飛んだシャツ姿の佳明は、受付カウンターの内側に回った彼女にてきぱきと言う。

「院長には」

「連絡しました。許可いただいてます。処置室の準備は終わってます」

「ありがとう。滝本《たきもと》さんは」

「先生からご連絡をいただいたときは駅にいたので、戻ってきてもらいました。今着替えてます。すぐ来ると思います」

「そう、ごめん。これ、この子の保険証」

佳明がカウンターに置いた保険証を手に取り、事務員は代わりに書類を出した。その場で記入せず転写式の書類を鷲摑《わしづか》みにして、佳明は遥斗を誘《いざな》って奥に進む。

連れていかれた場所は、待合室のようだった。ただ、遥斗の知る病院の待合室とはだいぶ雰囲気が違っていた。

くすんだピンク色のカーペットに、整然と並んだ白い椅子。しかし壁に沿ってカウンターが設《しつら》えられ、そこは一人分ずつパーテーションで区切られている。それぞれの前に鏡が貼ってあり、隣人の顔が見えない代わりに自分の顔がよく見えるようになっていた。

そのカウンターの席に促され、遥斗は佳明が引いた椅子に腰掛けた。目の前の鏡には、紅く染まったタオルを右目の上に押し当てたまま、どこか現実感のない茫洋《ぼうよう》とした表情の自分が映っていた。

佳明はカウンターに先ほどの書類を置くと、自分のシャツの胸ポケットからボールペンを取り出し、その上に置く。

「手術の同意書。サインして」

「……」

「持病とか服用してる薬とか、なかったな？」

「……うん」

返事をして、遥斗は佳明の指が示した部分に名前を書いた。文面など何も読まなかったが、もうどうでもいい気分だった。

好きにすればいい。もともと顔に執着がある方ではない。佳明は繰り返し大丈夫だと言い聞かせているが、たとえ失敗したとしてもどうでもよかった。

生まれてからずっと見慣れた自分の顔なのに、そうじゃない気がした。佳明が治したいのは『平井遥斗』の顔じゃない。卒業アルバムで見た、『真鶴史紀』の顔だ。

今も焦がれる懐かしい男の面影を、どうしても失いたくないに違いない。

「よし。……そんなに緊張しないで。絶対大丈夫、切ってから縫うまでが早いし、すぐ元どおりになる」

「……」

一秒も惜しんで、既に閉院した自分の勤め先にまで連れてきた理由がわかった。怪我をしてから治療までが早いと綺麗に治るようだ。

立つように言われ、遥斗は椅子をずらした。頭を揺らさないようにだろう、佳明がしっかりと腰を支えてくれる。それは優しさなのか、それとも少しでも顔に影響がないよう細心の注意を払っているせいなのか。

もう何一つ、佳明の本意がわからない。

「橘高先生、準備できました」

先ほどの事務員がやってきたのを合図に、遥斗は佳明に連れられ処置室に入った。想像していた手術室のような部屋ではなく、どちらかというと内科などの問診で使われるような部屋だ。大きめのデスクと、いろいろな器材が詰まったワゴンがあって、丸椅子が二つ向かい合って並べられている。

佳明は先に遥斗を座らせた。手にしていたタオルがようやく離されるが、ワゴンにあった新しい布を当てられる。

少し待っていてと言い残し、佳明は慌ただしく出ていった。

佳明と入れ違いになるように、ほどなくして薄い水色のナース服に身を包んだ女性が入ってきた。胸につけられたネームプレートが『滝本』となっているのを視界の端に捉え、この看護師が電話で呼び戻された人物なのだと知る。

「……すみません、帰宅中だったんですよね」

遥斗が謝ると、銀色のトレーの上に器材を準備している看護師は話しかけられると思っていなかったらしく、びっくりしたように振り返った。

「あ——いえ、お気になさらないでください。まだ電車に乗る前でしたし」

笑顔で応える彼女は、遥斗がどういう人物なのか量《はか》りあぐねているようだ。勤務先の医師がじきじきに連れてきた患者だが、年齢的に家族ではなさそうだし性別的には恋人と思えない。そんな疑問が顔に出ている。

しかし特に何か尋ねることなく、滝本は淡々と準備を整えた。

ノックとともにドアが開き、白衣に袖を通した佳明が入ってきた。その姿を見て、遥斗は開いている左目を瞬かせる。

佳明が白衣を着ているところを初めて見た。あまりに整いすぎた容貌のせいか、これまで医者と言われてもそれをあまり意識することがなかったが、様になっている白衣姿に初めて本物の医者なのだと実感する。

素直に、似合っていて恰好いいと思った。恋人の欲目ではなく、むしろここ数日の不安からまるで他人のように客観的に見て、そう思ったのだった。

佳明はドア口に据え付けられた洗面台で念入りに手を洗うと、丸椅子に腰掛けて遥斗と正面から向かい合う。

「見せて」

布を取り、血が目に入らないようガーゼでガードしながら、佳明が真剣な眼差しで傷口を検分し始めた。至近距離にある整った顔をぼんやりと眺め、それから遥斗は長い睫毛を伏せる。

高額所得者で、充実した年齢で、長身で見目もよくて——そんな彼がどうして自分を口説いたのか、ときどき不思議に思ったのを懐かしく思い出した。容姿に惹かれてくれたことは知っていたが、容姿だけが理由だったのだとは露《つゆ》とも思わなかった。

その瞬間、遥斗は小さく噴き出していた。

おかしな話だ。カフェの客と店員という立場で知り合ったのに、顔以外の何に惹かれるというのだろう。多少の会話はしたが、それだけで恋人にしたいと切望するほど内面を知れるわけじゃない。

しかも、その容姿でさえオリジナルとして好んでくれたわけでなく、レプリカとして愛されていたなんて。

「……どうした？」

急に笑みを零した遥斗に、佳明が怪訝な顔で尋ねてくる。それに首を振ると、頭を動かすなと注意された。抵抗せず、大人しく言われたままに座り直し、遥斗はタオルを押さえる必要がなくなって空いた手で、自分の汚れたシャツの胸元を握り締める。

胸が痛い。寂しくてたまらない。心配げな、労りの視線が自分を通して別の誰かを見ているのだと知った今、耐えられないほど苦しい。

――視界が急に潤み、喉がひくりと震えた。目の前の佳明の表情が驚愕に代わり、それはすぐにぼやけて見えなくなる。

瞬きすると、ぽつんと涙が落ちた。一粒落ちるともう駄目で、次から次へと溢れてくる。

「痛い？　傷が痛いのか？　それとも縫うのが怖い？」

「……、……」

「すぐ終わるから……だからちょっとだけ我慢して」

笑ったと思えばいきなり泣き出した遥斗を見て、佳明が狼狽《うろた》えたように諭してくる。遥斗もきちんと頷いた。けれど、涙は止まらなかった。

みっともないと思う。小さい子ならいざ知らず、成人した、しかも男だ。泣いた理由は違うところにあるとはいえ、涙を見せた遥斗もそれを必死で宥める佳明も、傍から見れば相当滑稽《こっけい》に違いない。

涙の本当の意味がわからない佳明は、傍らの滝本から注射器を受け取りつつ言った。

「麻酔打つな。少し痛いけど効きが早いから、縫うときは痛くない。最初に針が入るときだけごめん」

滝本がガーゼを取り、傷口を消毒する。目を閉じていろと言われて素直に従えば、麻酔を打たれた。『少し』と言われたわりにはかなり痛かったが、胸の疼痛に比べれば大したことはないものだった。

横になるよう言われ、ややおいて麻酔が効いてきた頃佳明が縫合を始める。

器具をトレーに置いたり佳明と滝本が短い確認を交わしたり、そんな僅かな音しかない処置室で、遥斗はずっと目を閉じていた。

暗いベッドルームで、遥斗は長い間、もうすっかり見慣れた天井を眺めていた。

右目の上には、大きめのガーゼが貼られている。片目だとストレスがかかるからと、両方見えるよう瞼を開けたときに目の際まで出るよう貼られたガーゼだが、やはり違和感はある。けれど、それ以上に違和感を覚えるのが、今この瞬間も佳明のマンションのベッドルームにいる自分だった。

『よかったですね、橘高先生で』

治療を終え、医院の受付で佳明が着替えてくるのを待っていたとき、事務服の女性が笑顔で話しかけてきたことを思い出す。

『瞼は傷が一切残らないようにするのは不可能ですが、橘高先生が縫ったなら殆ど残らないと思いますよ。近くで見て、うっすら横線が入ってるかな、くらい。遠目には全然わからないと思います』

『せっかく綺麗な顔してるんだし、大きな傷が残らなくて本当によかったですね』

佳明の関係者だと判断したのだろう、一般的な患者にかけるよりも親密な口調だと思った。けれど彼女の言葉は、遥斗の心の上を滑っていっただけだった。

遥斗の血で少し汚れた服に着替えて出てきた佳明と、二人で帰宅した。帰りももちろんタクシーだった。佳明はすぐにシャワーを浴び、遥斗は入浴が禁じられていたので汚れた服を着替えることしかできなかったが、アルバイトから帰って夕飯を作る前にシャワーを浴びていたから問題なかった。

それから遥斗の作った夕食を温め直して食べ、会話もなく適当なテレビを並んで見たあと、普段より早い時間に就寝した。

いつもよりさらに口数の少ない遥斗を、佳明は心配しているようだった。治療中に涙を見せたことが、動揺を誘ったに違いない。ただ、顔を切って縫合するという小さからぬ出来事にショックを受けているのだろうと考えたようで、帰り道からベッドルームに入るまでの佳明はいつも以上に優しかった。

思いがけない『時間外勤務』に疲れていたのか、佳明はすぐに眠ってしまった。でも、遥斗は一睡もできずにまんじりと暗い天井を見つめつつ夜を過ごしていた。

夕食後に飲んだ頓服《とんぷく》のせいか、傷の痛みはない。瞬きするたびに妙な感覚があるのは否定できないが、それだけだ。

絶対に大丈夫だと自信を持って何度も言い切った佳明と、彼の腕に全幅の信頼を置いているらしい事務員の言葉を思うと、きっと綺麗に治るのだと確信できた。ただ、安堵も喜びも遥斗にはなかった。

頭の中にふと、一つの疑問が浮かび上がる。

もし――もしも傷がもっと大きくて佳明の技術をもってしても完全に治すのが難しかったなら、一つのベッドで当たり前のように同衾《どうきん》する今の関係は変わっただろうか。

「……」

不意に、自分のマンションに帰りたいという思いが込み上げてきて、遥斗は口唇を強く嚙んだ。枕元のスマートフォンを手探りで見つけ、画面を表示させると、時刻は明け方の四時近くだった。始発電車が動くまで、一時間以上もある。

けれどいったん帰りたいと思うとその気持ちが膨れ上がって止められなくなり、遥斗は静かに身体を起こした。隣で眠る佳明を見下ろし、目を閉じていても端正だとわかる面立ちにそっと顔を近づける。

遥斗の方を向いて寝ている佳明は、睡眠中で弛緩しているせいか常より穏やかな表情だった。意志の強そうな眼差しは瞼に隠され、きりりと吊り上がった眉尻も今は柔らかい雰囲気を醸し出している。

寝顔を見ているだけで泣きたいほどの衝動が込み上げてきて、遥斗は口唇を引き結ぶと視線を逸らした。

そろそろとベッドから下り、リビングに向かう。

いつも使っているバッグを開け、洗面用具や勉強道具など当面必要なものを詰めた。服はさすがに入らなかったので、キッチンを探し回って適当な袋を見つけ、そこに入れる。

自分で購入した普段着だけ入れて、付き合い始めてから佳明が買ってくれたものは全部置いていくことにした。

音を立てないように玄関を出る。ドアを閉めた瞬間、胸がざわめいた。

一過性の激情に駆られて飛び出して、あとで悔やんだりしないだろうか。

――このままここにいた方がきっともっと後悔すると自分に言い聞かせ、遥斗はまだ夜が明けない道を駅に向かって歩き出した。

『俺の部屋に来たときは、俺が起きる前に帰らないこと』

初めて結ばれた晩に誓った約束を思い出せば胸が疼いたが、遥斗はじきに開き直った。史紀はきっと、そうしていたのだろう。けれど自分は真鶴史紀ではなく、平井遥斗だ。目覚めを待たずに帰ったって、咎められる謂《いわ》れはない。

佳明のマンションは、最寄り駅が地下鉄だ。ＪＲなどの地上駅ではないため、駅近くにあるのはコンビニ程度で、二十四時間営業のファストフード店や漫画喫茶店、カラオケ店など時間をつぶせる類いがない。仕方なく、遥斗は少し歩いて隣の駅の近くにあるチェーン店のコーヒーショップに入った。

アルバイト先とは系列が違うチェーン店だが、ここは二十四時間開いている。佳明と何度か、朝食をとりに利用したことがあった。

時間が時間だから、店はがら空きだった。適当な席に腰を落ち着け、頼んだ飲み物に手もつけずにぼんやりしていた遥斗は、徐々に込み上げてくるやるせなさに口唇を噛み締める。

胸に隙間風が吹くとか泣きそうなほど寂しいとか、そういう感情はなかった。胸に渦巻くのはただ、身代わりにされた悔しさと数ヵ月も気づかなかった自分への怒り、そして史紀への嫉妬などだ。

それらがごちゃごちゃと混ざり胸の中に沈殿していくにつれて、重苦しい気分が湧き上がってくる。

こんなに激情することなどなかったから、どうやってこの気持ちを鎮《しず》めたらいいのかわからない。

恋とはかくも切なくて理性ではどうしようもないものだと、初めて知った。

幸せでたまらない瞬間も、今こうして一人荒れ狂う感情に苛《さいな》まれるつらさも、何もかもが初めてで振り回される一方だ。

知らず、据わった眼差しですっかり冷め切ったカップを凝視していた遥斗は、自分のテーブルにふと影が落ちたのに気づいて顔を上げ、目を瞠る。

テーブルの傍に立っていたのは、佳明だった。

この店に来て三十分程度しか経っていないので、おそらく遥斗が抜け出してからほんの数分で目を覚ましたのだろう。

肩を上下させ、乱れた髪で——佳明のこんな姿を、一度だけ見たことがある。誕生日の晩、店まで自分を迎えに来たときだ。

黙って見上げた遥斗に、佳明は言った。

「目が覚めたらいなかったから、焦った」

「……」

「荷物が、なかったから……、……」

声は落ち着いていたが、語尾がかすれて不自然に切れた。あちこち探し回ったのは明白で、外気は冷えていたというのに額に汗を浮かべている。

地下鉄がまだ動く時間ではなく、遥斗はタクシーをまず使わない性格をしていて、周辺で開いている店はここだけということから、見つけ出されたのは不思議でもなんでもなかった。そのわりには服も適当で息急き切っているところを見ると、相当動揺して探し回ったようだ。

けれど、そんな佳明を見ても、遥斗はひと言も出てこなかった。

自分を追うよりも史紀に連絡を取ったらいいのではという怒りが再燃するが、必死になって探してくれたという嬉しさもそこには混在している。

「……っ」

目許が歪み、それを隠すように俯いて、遥斗は歯を食いしばった。

好きなら好き、嫌いなら嫌い。どちらかなら、物事はすべてわかりやすいのに。

遥斗が初めて経験した恋というものには、単純にどちらか一つに決められない複雑さが常にあった。

幸せなら幸せすぎて怖くもなったし、足下が揺らぐほど不安を覚えたときはその当人に縋った。理屈で考えたらおかしいのに、良くも悪くも思考や気持ちの中心にいるのは佳明で、すべての感情はそこに集結していた。

口唇を引き結び、遥斗はただ無言で座っていた。約束を破ってまで部屋にいたくなかったのだという強い意思を表したつもりだが、傍から見れば涙が零れる一歩前の表情になっているだろうと思える冷静さはあった。

表面上は精一杯意地を張って、けれど内心はやけに落ち着いていて心が空洞化したみたいで。

そう——佳明といるといつも、こうやって相反する感情が混在する。

「……遥斗」

ようやく息が落ち着いてきた佳明が小さく呟き、腕を引いた。

「帰ろう」

「……帰るって、どこに」

反射的に問いかけ、遥斗はかすれた声で続けた。

「佳明さんがあの部屋に本当にいてほしいのは、俺じゃない」

「——……」

「知ってるよ」

遥斗の台詞に、佳明の切れ長の目が大きく瞠られた。その表情を見て、胸の奥で混濁するさまざまな気持ちが溢れ、遥斗は荷物を引っ摑むと席を立ち、佳明を置いて店を出た。

すぐに追ってきた佳明に再び腕を摑まれて、振り解こうともがく。

「遥斗、頭あまり動かすな。遥斗」

佳明が慌てたように制止して、そこでやっと、遥斗は自分が瞼を切っていたことを思い出した。そしてほぼ同時に、この顔がそんなに大事なのかという猛烈な怒りが全身を焼き尽くす。

荷物を落とし、摑まれていない方の左手で、遥斗は瞼の上のガーゼを毟《むし》り取った。

「遥斗！」

「この顔じゃなかったらよかった……っ、そしたらこんな――こんな、……」

「遥斗っ」

縫合の糸が剝き出しになったままの瞼の傷に触れようとしているのを察知して、佳明が素早く遥斗の左腕を摑む。力の差は歴然としているのになかなか諦めようとせず抵抗する遥斗に、佳明も戸惑っているのが伝わった。こんなに激昂《げつこう》したところなど一度も見せたことがなかったから、衝撃も大きいに違いない。

早朝の人通りもない路上でしばらく揉《も》み合い、やがて焦れた佳明が遥斗の身体を強引に抱き込んだ。抱き締めるというよりは拘束するといった体《てい》で抱え、諦めた遥斗が大人しくなるまでじっと待つ。

何度も背中を撫でられて、遥斗は口唇を嚙み締めた。

顔を胸に押しつけられているせいで、佳明の匂いも体温もダイレクトに感じる。悔しくて、身代わりにされたなんて侮辱を絶対に許せないと思うのに、それでもこうして強く抱き込まれているとほだされそうになる。

「……、……っ」

ぎゅっと目を瞑《つむ》って涙を零していると、佳明が耳許で囁いた。

「……いったん俺の部屋に戻ろう」

「……、……」

「遥斗」

その声に命令じみたものは微塵もなく、あえていうなら懇願だった。

遥斗は決して頷かなかったが、荷物を拾った佳明が手を引いて元の場所に戻ろうと促すのに、もう抵抗せずについていくしかできなかった。


部屋に戻ると、佳明は真っ先に遥斗の傷を診《み》た。消毒して新しいガーゼを貼ったあと、ソファに座るよう言う。

店で手つかずのカップを見ていただけに遥斗が何か飲むとは思っていなかっただろうが、佳明はコーヒーを淹れてくれた。おそらく手持ち無沙汰にならず話をしやすいようにとの配慮だろう。その優しさは自分が享受していいのかという疑いも拭えず、頑なに手を出さない遥斗を見て、佳明は嘆息するとゆっくりと隣に座った。

身体の向きをずらし、正面を見たままの遥斗の横顔を見つめて、佳明が口を開く。

「まずは謝る。ごめん。——俺の昔のことを、遥斗が知ったなんて気づかなかった」

「……」

「本当に、申し訳ないと思ってる」

正面を向いたまま決して佳明の方を見ようとはしない遥斗に、今の彼がどんな表情をしているかは窺えない。ただ、声はとても真摯《しんし》なものだった。

けれど、ここでほだされるわけにはいかないのだ。謝られたって懇願されたって、誰かの身代わりになるのは耐えられない。

無言の遥斗をしばらく眺め、佳明は少し間をおいたあと、自身もソファに背を預けて遥斗と同じ方向に視線を投げながら言った。

「どうして知った？　……なんて、俺から聞くのは筋が違うな。どこから話そうか」

後半は独り言のように呟き、それから佳明は順序立てて話し出す。

「……俺が遥斗のアルバイト先に行く一週間前、瀬川から電話があったんだ。当たり障りのない生存確認みたいなもんで、互いに就職してから半年に一度くらい電話してるから、特に何も思わなかった。その電話で瀬川が、『史紀に瓜二つの子がいる』って言ったんだ。それで、どうしても顔を見たくなった。史紀とは……昔、付き合っていたから」

一方通行の片想いではなく交際していたのだと知って、遥斗はショックだった。心臓が壊れそうなほど動悸が速くなる。

成就しなかった恋の未練を自分という代理で昇華させようとしているのもつらいが、実際に付き合っていた過去の恋人の面影を探していたのだとはっきり言われれば、覚悟していたとはいえ言葉にできないほど切ない。

壁の一点を見つめ、ひと言も発さない遥斗の横で、佳明は淡々と続けた。

「自分の目で見て、本当に驚いた。血縁でもないのに、世の中にこんなに似た人間が存在するのかと思ったよ。でも、話すと全然違っていた。今は店内だからアルバイトとしての節度があるのかと思ったが、その後何回か会って話してるうち、史紀とは正反対の大人しい性格なんだと知った。……なんだか不思議な気分だった」

「……」

「顔はそっくりなのに、話し方も考え方も百八十度違うから……遥斗と別れたあと、紛れもなく史紀とは別人だといつも感じるんだが、それでもやっぱり、次に会ってまた顔を見ると懐かしい気分になるんだ。あまりにも似ているものだから」

そこでいったん言葉を区切り、それから佳明はしばらく口を噤んだ。表情は相変わらず見えていないものの、すぐ隣にいることで伝わる雰囲気が、どう話したものか迷っているのだと伝えてくる。

遥斗がじっとしていると、やがて佳明が再び話し出した。

「今さら中途半端に話すのは最悪だから、はっきり言うよ。俺にとって史紀は特別だった。史紀は初めて付き合った相手じゃないし、別れたあとこの歳になるまで史紀以外と付き合ったこともちろんある。でも、ほかの子は別れたらだんだん記憶が薄れていくのに、史紀のことはずっと憶えてるんだ」

「――……」

「交際期間が七年と長かったからかもしれないし、高校大学の多感な時期に付き合ったからかもしれない。別れの理由が、互いに嫌になったわけじゃなくて将来を考えての選択だったからかもしれない。それとも、男同士だったからかもしれない。俺は史紀以外、女性としか付き合ったことがないから」

「……」

「それから……やっぱり、史紀がとても個性的だったからかもしれない」

そう言ったあと、佳明が再び身体をずらして自分の方を向いたのに気づいた。

遥斗は視線こそ前に向けたままで佳明の顔を見ることはなかったが、初めて声を発する。

「はっきりものを言ったり、積極的だったり?」

「……あぁ」

「だから、俺にもそうなってほしかった?」

遥斗の問いに、佳明がぐっと詰まったのがわかった。

次の瞬間、遥斗は両肩を掴まれて佳明の方を向かされた。決して強い力ではなかったが、有無を言わさぬ雰囲気があった。

強引に合わせられた目を逸らす間もなく、佳明が言う。

「今はもう、遥斗は遥斗のままでいてほしいと思ってる」

その言葉に目を瞬かせた遥斗に、佳明は真剣な表情で告げた。

「正直に言う。最初は変わってほしかった。当たり前だが他人の性格なんてそう簡単に変えられるものじゃない。でも俺は変えようとしてた。……本当に、悪かった。どれだけ謝っても足りないとわかっている」

「……今はもう、諦めたってこと?」

「そうじゃない」

首を振り、佳明は遥斗の両肩を掴んだまま顔を寄せ、至近距離で目を覗き込む。

額が触れそうな位置で、佳明は囁きのようにかすれた小さな声で呟いた。

「遥斗らしい遥斗の方がいいと、思うようになったから」

ぽつりと零れた台詞が、頑なになった遥斗の心に一滴の雫のように落ちる。

知らず、瞳を彷徨わせてすぐ傍からの視線から逃れようとする遥斗に、佳明は重ねて告げた。

「顔は同じでも、まったくの別人なんだ。史紀は史紀で魅力的だったたし、遥斗は遥斗で愛しいよ。昔の俺は史紀が本気で好きだったけれど、今の俺は遥斗に惹かれてる」

「……、……」

「もしも今史紀と再会しても、前のように付き合いたいとは思わない。今の俺は、遥斗といたい」

かつての恋人と瓜二つの人間を失いたくないがための口先だけと、思いたくない。それでもすぐに信じることができるほど、ずっと抱えてきた不安は小さいものでもない。

口唇を何度か開き、けれど何も言わない——言えない遥斗に、佳明は少し考えるような間のあと言葉を紡ぐ。

「憶えてる？　遥斗の誕生日の夜のこと」

忘れるはずもない。こくりと頷いた遥斗を見て、佳明は目を伏せ、普段の理路整然とした口調からは想像もできないほど、朴訥《ぼくとつ》に語った。

「あんな場所に一人きりにしたから、逢って真っ先に詰られると思ってた。それなのに、俺を見て開口一番よかったたって……事故に遭ってるんじゃないかと心配したと言われて、本当に驚いた」

「……」

「そういうところが好きなんだと、初めて気づいた。——たぶん、付き合っていくうちに少しずつ惹かれて、気持ちが変わっていったと思う。でも俺がはっきり『平井遥斗』が好きなんだと自覚したきっかけは、あの晩だったと思う」

「――…」

「そうしたら、もっとこうしてああしてと言っていたことが急に馬鹿みたいに思えて、どうして俺は遥斗に変わってほしいなんて思っていたんだろうと冷静になった。――俺が遥斗のどこに惹かれたのか考えれば、それは遥斗が本来持っていた遥斗らしいところだったから。人見知りして、あまり喋らなくて、大人しくて――でも優しくて、素直で、すれてない」

「……、……」

「そういうところを可愛いと思ったし、ずっとそのままでいてほしいと願ったし、俺は本当にひどいことをしたんだと後悔したよ」

いつからか、こうあってほしいと希望を告げられることがなくなったと感じていたから、佳明の話がその場限りのごまかしなどではなく、正直な気持ちなのだということは理解できた。短期間で自分の性格がちゃんと変われた自覚は一切ない。だから遥斗は、佳明が諦めたのだとばかり考えていたのだ。

誠実な話し方に、もう佳明に隠し事はないのだと思う。けれど、そう断言するには遥斗はあまりにも恋愛経験がなさすぎて、自信が持てなかった。

口唇を開きかけ、それでも躊躇う様を見て、佳明が言う。

「なんでも言って」

「……」

「史紀みたいになんでも言うようになってほしいという意味じゃない。遥斗の——今思ってることを教えて」

疑問にはすべて答えるという姿勢を見て、これが佳明の誠意なのだと思った。

だから遥斗は、表情を取り繕わなかった。目線を落として口唇に力を入れた不貞腐《ふてくさ》れた表情のまま、呟く。

「朝起きる前に帰らないでくれって、史紀さんがそうだったから？」

「違う」

すぐに佳明が首を振る。

「史紀は家が厳しかったから、一度も泊まったことがなかった。だからかな……俺は付き合ってる相手と一緒に朝を迎えたいとずっと思ってた」

「……」

「朝起きて、遥斗がおはようって話しかけてくるたび、幸せだった」

史紀に起因した望みだったことは落胆したが、同時に、同じベッドで眠り一緒に朝を迎えたのは自分しかいなかったことを知って胸がどくんと脈打った。張り合う気持ちでそう思ったのではなく、アルバムを見てからずっと劣等感に苛まれてきた遥斗にとって、自分しかできないこともあったのだという驚きと感動だった。

まだ顔を俯けたまま、遥斗は重ねて尋ねる。

「……俺の顔、絶対傷を残したくなかったのは、史紀さんそっくりの顔に傷があるのが嫌だったから？」

「いや」

もう一度首を振り、それから佳明は遥斗の頰に手を伸ばした。指が触れそうな位置で一瞬の躊躇があり、やがてそっと、親指の腹で頰を撫でる。

まるで触れたら壊れてしまいそうだと言いたげに優しく頰を撫で、佳明はその指を目尻にずらした。ガーゼの端に僅かに触れる。

「夏が終わった頃かな……もう秋だったかな。俺の中で史紀のことに完全に区切りがついて、遥斗がいちばん大事だと思うようになっていたから。傷を残したくなかったのは、遥斗に気に病んでほしくない、ただそれだけ」

その言葉に微かに視線を上げた遥斗に、佳明は穏やかな声で話した。

「職業柄、自分の顔が気になって仕方がない人をたくさん見てきてる。先天的なものに不満を抱いてる人が大半だけど、それだけじゃない。遥斗のように怪我をしたり、火傷をしたり、脳などの手術で神経を切らなければならなくて顔に不具合が出てしまったり——これも自分の人生の一部だと割り切って堂々とできる人もいるけれど、とても苦しいコンプレックスになる人も少なくない」

「……」

「やむを得ない事情で顔に残る痕に悩むのは、本当につらいから。……俺の大事な遥斗に、そういう思いをさせたくなかった」

——いつしか夜は完全に明けて、カーテン越しでも部屋の中がずいぶん明るくなっていた。長い睫毛を瞬かせ、遥斗はこの部屋に来て初めて、やっと佳明の目をしっかりと見つめ返す。

視線の先には、佳明の真剣な顔があった。

朝の陽射しがブルーグレーのカーテンを通して届いているから、佳明の顔は薄い灰色のフィルムを通して見ているような色をしていた。それでも睫毛の陰影や光に照らされる頬骨は端正で、遥斗は初めてアルバイト先のカフェで顔を合わせたときのことを思い出す。

身なりや言動からいかにも仕事ができそうな人だというのが第一印象だったけれど、どこか寂しそうだったり冷たそうだったりと感じたのは嘘ではない。付き合い始めてからもそれは変わらず、年下の恋人をフォローする手際のよさは、年長者の慈愛というものとは少し違った。遥斗自身は佳明が初めての恋人で、相手がひと回り近く年上だったから、こういうものかと思っていたけれど。

彼の言葉が本物であると、考えるより先に感じるのは、時間を重ねていく上で優しさや労りといった情を肌で感じる瞬間が増えたからだ。

初秋の頃、身代わりではなく本当の愛情を抱くようになったと佳明は言った。同じ頃、アルバムを見てしまった遥斗は佳明が声をかけてきた理由に気づいた。

それからはもう、優しくされればされるほど佳明は自分を通して史紀の面影を追っているのではないかとばかり考えてしまったけれど、佳明は佳明で史紀への想いにけりをつけ、新しい恋人を心から愛して自然と甘やかすようになっていたのかもしれない。

これが悲恋なら皮肉な話だが、きっとそうじゃない。気持ちは互いにちゃんと向けられ始めて、だから佳明からの優しさを疑いの眼差しで見る必要はもうないはず。

「平井遥斗が、好きなんだ」

小さく、けれどきっぱりとした佳明の声が、遥斗の胸に沁みた。

口唇を引き結び、涙を我慢して、遥斗は目許を覆った。そんな遥斗の頭を、佳明が優しく抱き寄せる。もう抵抗はせず大人しく胸の中に収まった遥斗に、佳明はもう一度「ごめん」と囁いた。

聞くだけで胸が絞られそうな、彼の悔恨《かいこん》や猛省が含まれた声だった。

だから遥斗も——。

「……誰かと、比べられたくない」

「……あぁ」

「俺がいちばん佳明さんを好きなように、佳明さんにもいちばんに想われたい」

消えそうにそう告げた瞬間、強く強く抱き締められる。大切にして離さないと耳許で囁かれ、遥斗はおずおずと佳明の背中に腕を回し、緩やかに抱き返した。

やっぱり全部で確かめたくて、勇気を出して「欲しい」と口にしたのに、難色を示したのは佳明だった。

怪我は言われたとおりひと晩経ったら痛みもなくなったし、傷口に問題ないのは佳明自身が先ほど確認したにもかかわらず、今日は安静にしていろと言われてしまったのだ。

ただ——。

(なんでこうなって……っ)

耐え切れない羞恥に顔を真っ赤にして、遥斗はベッドに座った自分の足下に跪《ひざまず》く佳明の頭を見つめる。

なけなしの勇気を振り絞った遥斗の願いを無にするのはあんまりだと思ったのだろうし、佳明の中での妥協点がこれだったのだと頭の中では理解しているが、口で性器を愛撫されるのはいつになっても慣れないので苦手だ。

しかも夜はもうすっかり明けていて、寝室のカーテンは引いたままでも明るい陽射しが抜けてきているせいで明るいし、中途半端に脱がされた自分と違って佳明の着衣に殆ど乱れはないし、

恥ずかしさで死にそうだった。

　こんなことになるのなら、両想いを肌でも実感したいだなんて大それた望みを口にしなかったのにと後悔してしまう。

「……っ」

　先端にぺったりと押しつけた舌を動かされて、思わず息を殺した。よく言えば丁寧に、有り体に言えば執拗に。これ以上ないほど熱心に愛撫され、力の入らなくなった脚がときおり痙攣《けいれん》したように震える。

「も……、もう、いい」

　ちらりと目線を上げた佳明に射抜かれ、薄暗いとはいえ結構いろいろ見えてしまう明るさの中で、つぶさに表情の変化を観察されるのが恥ずかしくてたまらなく、遥斗は消え入りそうな声で制止した。

　けれど、逆に強く吸われてしまい、噛み殺せなかった声が空気に霧散していく。

「あ、っ、や」

「……気持ちいい？」

「……、……っ」

　かぶりを振って、遥斗は佳明の髪に差し込んだ指に力を込めた。

　気持ちいいかだなんて、気持ちいいに決まっている。だから困るのだ。少しでも気を抜けばあられもない声を上げて身悶えてしまいそうで、ぎりぎりのところで耐えている。

二人で溶け合えるなら素敵なことだと思うけれど、一方的に施されて蕩けていくすべてを見つめられるなんて、とても居たたまれない。

「う……はぁ、ん」

「……気持ちよさそうな顔してる」

「……いっ、わな……で」

はっきり暴露しないでくれと詰るつもりが、甘い響きを帯びた声のせいで哀願のようになってしまった。

奉仕するだけの佳明が満足気に目を細め、その顔を見ただけでたまらなくなる。

彼の正直な気持ちをすべて聞いた今なら、信じられる。自分を通して誰かを見ているのではないと胸を張って言える。

だからもうやめてと切れ切れに訴えるのだが、愛撫は濃くなる一方で解放するまでは離してもらえそうにない。

やっと言えた我が儘のせいでこんなことになってしまい、もう二度と言わないと固く決意していると、佳明が察知したのか咥内で強く扱《しご》かれた。

「や、アッ、あ」

「……、遥斗」

「だめ……も、だめ離して」

込み上げてくる劣情に、上体を折って佳明の頭を抱き締めるように堪えていると、口を離した佳明が尋ねてくる。

「駄目？　どうして」

「……、ぅ……」

理由なんかわかっているくせに。

そう言いたかったけれど、こちらを見上げる目があんまりにも愛情に満ちているものだから、遥斗は詰ることができなかった。

緩慢にかぶりを振り、指に絡んだ佳明の髪を引く。

「気持ちよすぎる、から、だめ」

「――…」

「佳明さ……って、あ、アッ、や、だめって」

立て続けに強い刺激を与えられて、遥斗は丸めた背をびくびくと戦慄かせた。込み上げてきてもなんとか我慢していた欲望が、今にも堰《せき》を切ってしまいそうだ。

露骨に響く水音で耳からもおかしくなりそうで、みぞおちの辺りが窄《すぼ》まるような変な感覚に襲われる。

ぎゅっと抱え込んだ頭に頬を押し当て、もう出ちゃうと弱々しく呟けば、促すように吸い上げられた。

「や、はぁ、――……、ぅ、ん」

「……、……」

「う……っ」

塞き止めていた分、解放した瞬間の快感は凄まじく、全力疾走したあとのように息が切れた。一瞬だけ真っ白になった頭の中、すぐに羞恥が戻ってきて、佳明が顔を上げようとするのを頭を抱き締め直すことで阻止《そし》する。

今のこんな顔、見られたくない。

「……っ」

遥斗の呼吸以外聞こえない静かになった部屋で、佳明がごくりと嚥下する音がやけに大きく聞こえ、顔が熱くなった。

ガーゼを貼ったテープの辺りに違和感を覚えるだけだったのに、傷口が疼き始める。顔に血が上っているせいだろうか。

痺れたようになっている指を解き、佳明の頭を離してガーゼを押さえた遥斗は、ようやく顔を上げられた佳明が真面目な表情で額を見ているのに気づいた。

「痛い？」

「ううん。……痛くはないけど、少しじんじんする」

「あぁ……、まぁ」

顔が真っ赤だからなと呟いた佳明に思わず視線を彷徨わせると、ベッドに上がって隣に座った佳明が緩く抱き締めてきた。遥斗の手をガーゼから離させ、あまり触らないようにと言い置いて、頭を撫でる。

されるがままになっていると、やがて佳明が真剣な表情になったので、遥斗も姿勢を正した。

部屋の空気はまだ甘さが残るけれど、心臓も未だ落ち着いてはいないけれど。

無意識のうちにシーツを握り締めた遥斗の横で、心持ち睫毛を伏せた佳明が言う。

「昔付き合ってた史紀のこと、ずっと好きだった。あいつ以外と恋愛できるとは思ってなかったから、新しい誰かと巡り会いたいと思ったことがない。いつか再会したいとだけ、ただ願っていた」

「……」

「でも遥斗と会って、付き合って――やっと、新しい恋愛をしようと思えたんだ」

潤んだ目を瞬かせた遥斗に、佳明は伏せていた目線を上げた。

正面からしっかりと遥斗を見つめ、そっと触れるだけのキスをし、そして顔を少し引いてもう一度見つめる。

「俺がそういう気になったのは、遥斗がいたからだよ」

その言葉に、遥斗は小さく頷いた。

ぎゅっと肩を抱き寄せられ、強く目を閉じる。

頬に触れた胸から佳明の鼓動が伝わってきて、それは間違いなく今の告白に緊張していた証拠の速い動悸で、遥斗は佳明の胸に顔を埋めたまま、囁くような声で「大好き」と涙声で告げたのだった。

＊＊＊

学食のうどんを食べ終えて箸を置いた遥斗は、向かいでまだランチを食べている中谷をぼんやりと眺めた。頬杖をついて物思いに耽っている遥斗に気づいたらしく、トンカツに噛みついていた中谷が顔を上げる。

「？　何？」

「うん……」

少し躊躇したが、遥斗は思い切って聞いてみた。

「昔の彼女のことって、忘れられないもの？」

「はぇ⁉」

予想外の質問だったのか素《す》っ頓狂《とんきょう》な声を上げた中谷だったが、遥斗の真剣な眼差しに思うところがあったのか、口の中のものを飲み込んでから答える。

「さ、さぁ～？　人それぞれだとは思うけど。俺は憶えてるよ。特に最初の彼女は」

「……最初の、彼女」

「ん。まーぶっちゃけ初エッチの記憶が強いからってのもあるけど」

あっけらかんと言い、中谷はガラスのコップに入った水を飲んで続けた。

「そいつよりいい彼女と付き合ってた時期もあるわけよ。でもなんでか、最初の彼女は特別なんだよな。いろいろ教えてもらったからかも」

その台詞に小首を傾げた遥斗に、中谷は考えつつ喋る。

「エロいことだけじゃなくて……こういうことしたら喜ぶとか、これを言っちゃ駄目だとか、女の子と付き合う上での基本的なこと教えてもらったっていうか……。もちろん女の子によってけっこう違うんだけど、なんつか……初めて付き合うときってなんにも知らないし、好みってあるからどうしても似たタイプの彼女ばっかになるしさ。最初の彼女が、いろんな意味で俺の基準になってるっていうか」

「……ふぅん」

「ただ、基準はあくまで基準であって、いっつも比べてるとかそういうんじゃないんだよな。いちばん好きなのは今付き合ってる彼女、これは揺るぎないって断言できる。つか昔の彼女のことって滅多に思い出さないし。あくまで俺の経験したことの一つで、大事な想い出。……なんか回答になってないな、こんなんで悪いな」

「ううん。……ありがとう」

はにかんで、遥斗は言いにくいことを自らの言葉で拙《つたな》くでも表現してくれた中谷に礼を言った。

遥斗の顔を眺め、中谷が眉を潜《ひそ》める。

「何。彼女と別れようとか思ってんの？」

「ううん、違うよ」

思いがけない質問に首を振り、遥斗は曖昧な笑みを返した。胸のつかえが下りたわけではないが、なんとなく清々《すがすが》しい気分だった。

最初に出会ったのが自分ではなかった以上、佳明の過去について気を揉んでいても詮《せん》ないことかもしれない。

『平井遥斗が、好きなんだ』

そう告げてくれたときの佳明の、真摯な眼差しを思い出せば、過去に妬くのも馬鹿馬鹿しい気がした。

間違いなく、あの台詞は遥斗に自信を与えた。これまで自分に自信を持つことが滅多になかった遥斗にとって、ありのままの君が好きだと言われたことは特別で、この記憶はきっといつまでも薄れないのではないかと思っている。

落ち着いた仕種で学食備えつけの湯呑みでお茶を飲んでいる遥斗に、中谷は眉間に皺を寄せて尋ねる。

「平井のそれ、いつまでつけてんの?」

「え? あぁ、これ」

右の眦、眉と瞼の間に貼ってある細いテープを視線で指した中谷に、遥斗は苦笑交じりに答えた。

「三ヵ月から半年だって。抜糸が早かったし、安定してないらしいんだ」

「えー…。安定するまで糸抜かなきゃいいのに……」

「そうすると、糸の穴? 縫い目って言った方がいいのかな、それが残るらしいよ。こう、傷口の上下にプツプツと」

「マジかよ」

「うん。だからそういうのを残さないために、傷口がある程度くっついたらテープで留めとく方が綺麗に治るんだって」

真剣な顔で説明していた佳明を思い出して小さく笑った遥斗を見て、中谷は腑に落ちない顔で重ねて聞く。

「それにしたって。くっつくまでに三ヵ月から半年もかかんのか～」

「あ、くっつくの自体はそんなにはかからなかった。ただ縫ったとこが日光に当たると、傷痕が残って目立つらしくてさ。だから陽の光に当ててないように、傷がくっついてもしばらくテープは貼っといた方がいいんだって」

「へぇ〜…」

興味深そうな顔で相槌を打ち、それから中谷は頷きつつ言った。

「そっか、親切な医者にあたってよかったじゃん。傷処置してハイ終わり〜っていうんじゃなくて、後々のことまで考慮してくれてさ」

「……、うん」

頷き、縫ってくれたときの佳明の顔を思い出して、遥斗は口許に切ない笑みを刻む。

あのときの佳明の真剣な眼差し。そんなにこの顔を元どおりに——彼の記憶の中と同じように戻したいのかと思ったのは嘘じゃない。けれど同時に、紛うことなき今の恋人への愛情も感じられた。麻酔の注射を打つとき、抜糸するとき、痛いけれど我慢なと繰り返し囁いた声が耳許を過る。

クールで、冷ややかで、けれど内にはとても熱い感情を潜ませていて。そんな彼がまるで小児科医のように、優しく宥めすかしつつ器用な指先で針を操っていたときの表情は、残念ながら目を閉じていて見えなかった。それでも終わったあとに柔らかく抱き締めてきた腕は、決して痛い治療に耐えた子どもに対するそれではなかったのだと知っている。

ごめんと謝られたのは、レストランに現れなかったあの夜以来。二度目だった。

「男だし、別に傷痕くらいいいんだけどね」

「でも顔だろ。しかも平井、綺麗な顔してるしよ」

「そんなことない。でも就職までにテープ取れるみたいだし、よかった」

にこりと笑うと、テープで少し引っ張られる感触がある。

思えば、佳明と知り合う前は、人前であまり表情を変えることがなかった。

自分に正直に、ときには我が儘に。彼が望んだそれらはかつての恋人を思ってのことだったのは間違いないが、結果は悪くない。

昔の恋人については、あの晩佳明が語った僅かな想い出と遥斗がこっそり見たアルバムやインタビュー記事に載っていた程度しか知らないが、たったそれだけの情報から描く人物像は華やかすぎて、天地がひっくり返ったって自分には真似できそうにない。だから、遥斗はそのままでいいんだと言ってもらえたのは本当に嬉しかった。

テーブルに肘をついて、遥斗は心持ち身を乗り出すと、明るい声で言った。

「そんな話よりさ。内定おめでと」

「おー！　サンキュ。いや〜決まらなかったらどうしようかと思った」

「中谷なら決まらないってことはないと思ってたけど……希望のとこに決まってほんとよかったね」

めでたく第一志望の企業から先日内定をもらったばかりの中谷は、自分のことのように喜ぶ遥斗に晴れ晴れとした表情を見せる。

「そうだ平井、卒業旅行どうする？　予定埋まってる？」

「え？　ううん、特には」

「じゃあさ、近場で一泊でいいから行かない？　就職したら滅多に会えなくなるし、俺平井と記念に行きたいんだよな〜」

嬉しい言葉に口許を綻ばせ、遥斗は何度も頷いた。

自分にとっても、中谷は大切な友達だ。

消極的だった自分に一年生のときに話しかけてくれて以来、仲良く大学生活を送ってきた。彼の言葉どおり、就職すればなかなか会うことも難しくなるだろう。

それでも、と遥斗は脳裏に二人の顔を思い浮かべる。

佳明と、瀬川。あの二人のようにたまにでも連絡を取り合い、ずっと付き合いを続けていきたい。

佳明が卒業後一度も史紀と会っていないように、恋人になってしまうと会うことが叶わなくなることもある。けれど友達は別だ。年月を重ねてもずっと、関係は続けられる。

初めてできた恋人のことを、いつか中谷に打ち明けられる日が来るだろうか。

そんなことを考えながら、遥斗は目を細めて、行きたい場所を次々と挙げる中谷の顔を穏やかに見守った。


大学を出て待ち合わせ場所の駅に行くと、佳明が既に来ていた。柱に凭れかかり、経済誌を読んでいる姿を眺め、遥斗はしばらくその場で佇む。

そういえば、待ち合わせなどで時間をつぶしているとき、佳明がスマートフォンを弄っている姿を一度も見たことがない。彼はいつも薄手の雑誌を持っていて、それに視線を落としていた。

初めてカフェに来たときも、手にしていた経済誌を捲っていたのを思い出す。

傍らを通り過ぎたＯＬらしき女性がちらりと佳明を振り返ったのを見て、遥斗は小走りで彼に近づいた。

「遅くなってごめん」

笑顔で言うと、佳明が柱から身体を起こして雑誌を閉じた。「お疲れさん」と労《ねぎら》う彼の笑顔も、思い起こせば付き合い始めの頃はあまり見なかったものかもしれない。

佳明が笑顔を浮かべるときはいつも口唇に苦い微かな笑みが刻まれる程度で、こんなふうに破顔したところを見るようになったのは秋口からだ。

遥斗のずれたマフラーを長い指先で器用に直し、佳明は腕時計に視線を落とす。

「よし、行くか」

「うん」

寄り添って歩き出し、遥斗は隣の佳明を見上げた。

「佳明さん、五月って忙しい？」

「五月？　来年の？」

「うん。ゴールデンウイークに旅行とかじゃなくて、五月上旬くらいに一緒に食事する時間取れる？」

「？　食事くらいならまったく問題ないけど」

いきなり半年近く先のことを聞いたわりには、ただの食事というのが解せないらしく、佳明が怪訝な顔をした。立ち止まり、同じように足を止めてくれた佳明に向かい合って、遥斗は白い息を吐きながら言う。

「就職する会社、給与が月末締めの翌十日払いなんだって。だから、初任給が五月十日に支給されるんだ。休みだったらその前」

「あぁ。……？」

「いつも……今日も、佳明さんが素敵なところに連れてってくれるから。社会人になって初めてもらったお給料で、佳明さんとご飯食べに行きたい」

そう言うと、佳明が目を丸くした。まじまじと遥斗を眺め、それから困ったように笑って、腕を伸ばしてくる。

駅から少し離れたとはいえ人通りもそれなりにある往来で急に抱き締められ、驚いた遥斗は声を上げた。

「ちょ、ちょっと」

「遥斗……遥斗」

「佳明さん……っ」

慌てて引き剝がして、遥斗は前髪を直すふりをして上気した頰を隠す。

顔を見合わせ、佳明もようやく状況に気づいたと言いたげな表情をしているのを見て、同時に噴き出してしまった。胸に甘い感情が満ち、ここに来るまでのいろんなことを思い出して、遥斗ははにかんだ笑みを見せる。

佳明も同じように、自分と付き合うことで少し変化した部分があるのだ。

ささやかな申し出にこんなに喜んでくれる彼が、とても好きだと思った。

「……楽しみにしてる」

佳明の長い腕が遥斗の腰を一度だけやんわりと押し、促されて再び歩き出す。

手を繫ぐことはなかったが、つかず離れずの距離で寄り添って歩きながら、遥斗は幸せを嚙み締めたのだった。

ずっと一緒に

四月末の金曜日、スーツ姿の平井遥斗《ひらいはると》は慣れた足取りでマンションのエントランスをくぐった。

四月から新社会人として働き、一日も早く仕事を覚えなければと奮闘する毎日だが、一週間勤務した今夜も疲れは特に感じていない。気は張っているし通勤ラッシュはつらいしで大変ではあるのだが、それ以上に充実しているからだろう。

多少景気が上向きになってきたとはいえ、このご時世自分を雇ってくれた会社に感謝しているから、仕事は苦ではない。何より、就職を機に大学の四年間を過ごした賃貸マンションの契約を解除した遥斗は、現在恋人である橘高佳明《きつたかよしあき》のマンションで暮らしているため、毎日楽しいのだ。

付き合い始めてからはほぼ入り浸っていた馴染んだ部屋だが、余った一室を自分用にもらい、家具や生活用品などをしっかり所定の場所に置いた部屋はもうすっかり自分の住処《すみか》で、居心地は格段に良くなった。

朝は一緒に起きて朝食をとり、夜帰れば「お帰り」もしくは「ただいま」と言ってくれる人がいる――それは本当に満たされた日々で、学生から社会人へと環境に激変はあったものの幸せいっぱいだ。

佳明はそんな遥斗を見て、四月の間はいいけどゴールデンウイーク明けに一気に疲れが来ることが多いよと揶揄《からか》った。五月病の話は耳にしたことがあるので、そうならないよう少し気をつけている。

今日も一日が終わって二人の部屋に帰れるのだと思えば足取りも自然と軽く、遥斗はエントランスとエレベーターホールの間にあるメールルームに寄った。

はっきり決めたわけではないが、郵便物はお互い帰宅したときにチェックすることになんとなくなっている。ボックスを覗き込んで、郵便物やチラシがなければ佳明が既に帰宅している証拠だし、残っていれば遥斗が先に帰ってきたことがわかる。

今夜は後者のようだった。ちょっぴり落胆しつつ、暗証番号どおりにダイヤルを回して中身を取り出した遥斗は、自分しか乗っていないエレベーターの中で何気なく仕分けして――一通の葉書に目を留めた。

佳明宛てのそれは、往復葉書だった。遥斗も知る都内の有名私立高校の、学年同窓会のお知らせと出欠確認だ。

どくんと、心臓が鳴る。

七月上旬、特に連休でもない普通の土曜日である開催日を凝視していた遥斗は、エレベーターが目的の階に到着した音にぎょっとした。慌てて降りて、しかし部屋には向かわずその場で葉書を見つめる。

別に、どうということはない。ただの高校の同窓会だ。遥斗自身も一度だけ、大学二年生のときに同窓会に参加した。高校三年生のクラスのメンバーで、卒業してまだ二年しか経っていなかったからさほど懐かしさのようなものはなかったが、かつて机を並べて一緒に授業を受けたクラスメイトたちの進路は様々で、話を聞くだけでも充分楽しかった。

高校を卒業して十年以上経つ佳明なら、懐かしさも楽しさもひとしおだろう。ぜひ素敵な時間を過ごしてもらいたい。

とは思うものの……。

「――……」

遥斗の脳裏には鮮やかに、以前見てしまった佳明の卒業アルバムの写真が蘇った。自分そっくりの顔をした、佳明のかつての恋人。

久しぶりに再会した同窓生が不倫に走る、なんてドラマみたいな展開がそうそう転がっているとは思っていないが、昔付き合っていた二人なら不安が増す。焼けぼっくいに火がつくなんて諺《ことわざ》もあるではないか。

行ってほしくない――と、思ってしまった。

次の瞬間、反射的に浮かんだこととはいえあんまりな本音に罪悪感が込み上げる。同窓会は、彼のプライベートだ。そこまで踏み込んで我が儘を言えるはずもない。

しばらく葉書を見つめ、逡巡して……遥斗はため息をついた。マンションの外廊下からすっかり暗くなった夜空を見上げ、目を閉じる。

(俺が好きだって、言ってくれた)

佳明の口から語られた懺悔《ざんげ》も愛情も、信じている。自分と出会って長年の想いに終止符が打てたと、彼は真摯な口調で言ってくれたじゃないか。

こちらに向けられる気持ちを今は微塵も疑っていないのだから、堂々と行かせてあげるべきではないかと思った。もちろん、正直なところいい気はしないし不安もあるけれど、それを言うのはこんなに大事にしてくれている佳明を侮辱するのと同じこと。

この葉書は見なかったことにしようと心を決め、遥斗は再びエレベーターに乗ると一階まで戻った。メールルームに向かい、自分たちが暮らす部屋番号のボックスを開けて、手にしていた郵便物をすべて入れ直す。

ぐるぐるとダイヤルを回してロックを掛け、それから遥斗は振り返らずに、そそくさとメールルームをあとにすると部屋に帰ったのだった。

*

怖れていた五月病に罹患《りかん》することもなく、季節はあっという間に六月になった。

遥斗の入社した中小企業は、四月一日の入社日から六月末までの三ヵ月間、研修期間という名の試用期間になっている。給与は満額もらえるしボーナスも日割りで出るが、有給休暇は使えない。

ゴールデンウィークがあったとはいえ平日は欠かさず出勤してきたので、やや疲れが溜まっている自覚はあった。少しずつ仕事にも慣れて、今はもう一人で作業できることが大半になっているが、緊張感が抜けないので当たり前だ。

だからこそ、遥斗は七月が待ち遠しかった。一日くらいは有給休暇を使って、平日のんびりしたい。

平日に休みたいのは、佳明の休みと合わせたいからだった。美容外科クリニックに勤務する佳明は、週休二日のシフト制であるものの土日の大半は出勤しているのだ。患者に社会人が多いため、土日祝の来院に対応できるようにしているせいだ。

同僚はいい人ばかりだし仕事もやり甲斐があるし今の会社には満足しているのだが、休日が暦《こよみ》どおりであることだけが遥斗にとって難点だった。

内定をもらえたのは佳明と出会う前だったから休日のことなどまったく考えていなかったが、もし付き合い始めてからも就職活動を続けていたなら、平日が休みの職場を重点的に探したかもしれない。

そんなことを考えながらメールルームに寄った遥斗は、ボックスの扉に嵌め込まれた透明なアクリル板から中を覗き込み、空なのに目を輝かせた。佳明が先に帰宅している証拠だ。

もどかしい気持ちを抑えながらエレベーターに乗り、目的の階で降りる。

部屋の玄関ドアの前で逸る手で鍵を開けると、遥斗は「ただいま」と声をかけつつ靴を脱いだ。

ほどなくしてリビングから佳明が出てきて、労ってくれる。

「お疲れ」

「佳明さんも」

帰宅する佳明を迎えるときは嬉しさでいっぱいだが、逆はどうも照れてしまう。佳明のあとに続いていそいそとリビングに入ると、食欲を刺激する匂いが満ちていた。日曜日に遥斗が作って冷凍しておいたカレーだ。

「佳明さん、準備してくれたの？」

「あぁ……まぁ、解凍しただけ」

「嬉しい。あ、ご飯も炊けてる……！　お腹空いた」

にこにこと礼を言う遥斗とは裏腹に、佳明はばつが悪そうな顔だ。

なんでもできる器用な佳明だが、料理は殆どしない。外食三昧《ざんまい》でも問題ない収入があり、職業柄か外食でもバランスのいい食事をしようという意識もあるため、一人暮らし歴が長いのに自炊してこなかったせいだろう。

付き合うようになって遥斗が作る日が増えたが、佳明は食後の皿洗いはしても料理に参加することはまずなかった。佳明の作るものを食べてみたいという気持ちはあるが、まったく台所に立たない恋人を不満に思うことはなかった。

先に帰宅したときは、遥斗の帰ってくる時間を見計らってこうして準備をしておいてくれる。料理以外の掃除や洗濯などは、まめにやってくれる。そんな生活を幸せだと思うことこそあれ、不満など抱きようがない。

自室で手早く着替えた遥斗が再びリビングに戻ると、佳明がちょうどカレーをよそっているところだった。笑顔で運ぶのを手伝って、ダイニングテーブルに向かい合わせに腰を落ち着ける。

「いただきます」

手を合わせて、遥斗はスプーンでひと口掬《すく》った。自分で作ったなんの変哲もないカレーなのにとても美味しく感じるのは、きっと佳明と一緒に食べているせい。

大人しい性格で聞き役に徹することが多い遥斗だが、佳明と二人きりのときはそうでもなくなっている。互いに今日あった出来事を簡潔に報告しあうのが、夕食時の楽しみの一つでもあった。

「そうだ。今日、有給カードもらったよ」

「有給カード？」

「一年分の有給日数が印字されてる厚紙みたいな感じ。来月からいよいよ有給が取れるようになるから……使い方の説明受けた」

「そうか、来週から七月か」

思い出したように呟いた佳明は、テーブルの端に置いていたスマートフォンを手に取る。短い時間操作したあと、遥斗の顔を見て小さな笑みを浮かべた。

「早速だけど、九日の金曜に休める？　俺、十日の土曜日が珍しく休みだから。金曜も休めば連休になるし、近場に一泊行こうか」

「旅行？」

思いがけない台詞に喜びが湧き上がってきて、目を輝かせた遥斗はすぐに頷きかけ――そこではっとする。

二ヵ月前のことなので脳裏いっぱいを占めているわけではなかったが、忘れたはずもない。その日は確か、佳明の同窓会があったはず。

葉書を見た日からずっと、頭の片隅に存在していた不安の種。

「う、うん……」

歯切れの悪い返事をした遥斗に、佳明は違うことを思ったようだった。

「ああ、有給使えるようになるとはいえ、七月に入ってすぐ……ってわけにはいかないか。同僚との兼ね合いもあるだろうし」

「それは、たぶん大丈夫。カード渡されたとき、遠慮なく使ってって言ってもらえたから。二十日前後と月末月初は避けてほしいって言われたけど、それ以外なら一週間前に周囲の人と上司に打診してOKだったら構わないって」

説明して、それから遥斗は自分に呆れた。正直に言うことはなかったはずだ。有給を使うことに特に問題がないのなら、なぜ先ほど躊躇ったのか疑問に思われるだろう。

案の定、佳明は首を傾げ、遥斗をじっと見つめた。

理知的な眼差しに晒されて、遥斗はしばらく口籠もった。しかし言葉が出てこなければ出てこないほど不自然な雰囲気になってしまい、やがて観念する。

スプーンを置き、俯いて、遥斗は小さな声で告げた。

「十日の土曜日、佳明さん用事があるんじゃないの……?」

「……用事?」

訝しげな顔で問い返した佳明は、じきに合点がいったようだった。はっとしたように切れ長の目を瞠る。

「遥斗」

名前を呼ばれ、遥斗はおずおずと顔を上げた。

せっかくの楽しい夕食の時間を自分が壊してしまったと悔やんで——しかし、目が合った瞬間噴き出した佳明に、遥斗は目を瞬かせた。どうしてここで笑うのか、わからない。

戸惑っている遥斗に、佳明はくつくつと肩を揺らしながら言う。

「もしかして、俺の同窓会のこと?」

「……う、ん……」

「そうか、やっぱり知ってたのか」

まだときおり肩を震わせながら、佳明は食べかけの皿を心持ち脇に押しやった。両肘をテーブルにつき、指を組んで顎に当てて、遥斗を見つめる。

その目がどこか楽しそうな色を含んでいるのに困惑していると、佳明はゆっくりと話し出した。

「すっかり忘れてた。遥斗、よく憶えてたな」

「……、どうして……」

「ん？　あの日、ちょっと引っかかったのを思い出したから」

そう言って、佳明は何かを思い出すように一瞬だけ視線を宙に投げる。

「遥斗、先に帰った日は郵便物取ってきてくれるだろ？　それなのにあの日は違ってた。俺はボックス見て俺の方が先だったのかと思ったけど、部屋に行ったら遥斗がもう帰ってたから、あれ、って。まぁ郵便物確認するのを忘れることもあるだろうし、忘れてなくても急いでいたのかもしれないと思って、最初は気にしてなかったんだけど」

「……」

「あとでチェックしたら、高校の同窓会の案内葉書が来てたから」

もしかしたらこれを見たのかもしれないと思ったんだと、佳明はあっさり言った。ばつの悪そうな素振りも、気まずさも何もない、本当に普通の態度だった。

佳明の様子を見て、やはり自分が気にしすぎなのだと思った。同窓会なんて、特殊な出来事でも何でもない。学校を出た人間なら誰でももらう可能性がある案内だ。

昔の恋人と会うのが心配だとか、そう考えてしまうことが申し訳ないとか、感じること自体がおかしいのだ。

しかし――自分にそう言い聞かせながらもどこか切ない気分でいた遥斗は、続く佳明の台詞に目を瞬かせた。

「行かないよ。もうとっくに欠席の返事を出した」

「……え?」

「というより、そもそもメールで打診があった時点で断ったんだけどな。律儀に葉書まで送ってくるとは思わなかった」

肩を竦めて事もなげに言い、それから佳明は真っ直ぐに遥斗を見つめる。

知らず、姿勢を正した遥斗に、佳明は落ち着いた声で言った。

「誤解しないでほしい。史紀《ふみのり》と顔を合わせることにどうこう思って……とかじゃない。俺はもう昔のことだと切り替えてるし、向こうはそもそも俺と別れた時点で完全に割り切ってるし、今さらだ」

「……じゃあ、どうして」

「ん? 遥斗が嫌だろうなと思ったから」

「――……」

思わぬ答えに遥斗が目を見開くと、佳明が苦笑する。

「負い目に思ったりしないで、遥斗。俺が勝手に決めたことだから。遥斗がいい気しないだろうなと思ったからじゃなくて、遥斗がそういう気持ちを抱く可能性が少しでもあるのは『俺が』嫌だから。それだけ」

「……佳明さん」

「二ヵ月経っても憶えてるくらい、気になってたんだな。もっと早く言えばよかった。ごめん。──言い訳させてもらえるなら、あの葉書を遥斗が見たのかどうか確信が持てなかったから、俺から切り出すのも変かと思った。見ていないなら、わざわざ言わない方がいいだろうと考えて」

佳明の言葉に、遥斗は小さくかぶりを振った。動作はだんだん大きくなり、やがて再び俯いてしまう。

「……勝手に葉書見て、黙ってて、ごめんなさい」

「謝ることじゃないだろう。封書ならともかく、葉書なんて他人に見られても仕方ないものなんだから。同居中の恋人が見るのも、誤配で赤の他人が見るのも同じことだ」

事もなげに言い、佳明は僅かに身を乗り出した。テーブルを挟んでいるものの若干近くなった気配に顔を上げた遥斗に、優しい口調で言う。

「だから遥斗が有給取れるようなら一泊旅行、行こう」

口唇を震わせ、遥斗は尋ねた。

「本当に、同窓会行かなくていいの」

「ああ」

「真鶴《まなづる》さん……のことはわかったけど、ほかの友達とか」

「特には。瀬川《せがわ》をはじめ、仲よかった奴の連絡先は今も知ってるし。会おうと思えばいくらでも」

「佳明さん……」

「だから遥斗ももうそんな葉書が来たことは忘れて、どこに行きたいかだけ考えておいて」

にこりと微笑まれ、目許が歪んだ。遥斗が少しでも嫌な気持ちになる可能性があるならと、きっぱり言い切った佳明に堪らない気持ちになる。

触れたくて手を伸ばすと、意図に気づいた佳明が組んでいた指を解いて手を摑んでくれた。そのまま指を絡められ、好きだよと綴《つづ》ってくる口唇に溶けそうになる。

繋いでいない方の手も伸ばして遥斗の前髪を梳きながら、佳明が口を開いた。

「テーブル、邪魔だな」

「……っ」

「さっさと食べて、一緒にＤＶＤでも観るか」

さっぱりした口調に、静かだった雰囲気が変わった。胸にじんわりと沁みる幸福感に、遥斗は小さく頷く。

「……うん」

いろいろあったけれど、今はこんなに愛されている――そんな実感が胸を満たし、泣きたいほどだった。

佳明の言葉どおり、早く食べ終わってぴったり隙間もないほど隣同士に座りたい。

けれど、そう思いながらも絡まった指を解くのが勿体なくて、動かせない。

「……」

佳明も同じ気持ちでいてくれたらいいのにと思いながらちらりと視線を投げると、絡められた指にぎゅっと力が込められて、遥斗は思わずはにかんだ笑みを滲ませたのだった。

あとがき

はじめまして、こんにちは。うえだ真由《まゆ》です。このたびは拙著をお手に取ってくださって、ありがとうございます。

美容外科医の先生に興味を抱いたのは、ものすごく前に見た某バラエティ番組がきっかけでした。クイズ番組ですが明確な答えがあるものではなく、例えば様々なバトル漫画の主人公五人を挙げて「この中で一番強いのは誰か？」という質問なら、街中の『漫画好きの人』何十人もに同様の質問をしてもっとも票数を集めたキャラクターが答えになるというものです。

そこで、とある個性的な顔立ちの芸人さんが美容整形したら、某アイドルグループのメンバーの誰になれるか、というクイズがありました。

答えを決めるために聞く人は美容外科医だったのですが、通常は（質問の内容が内容だし、複数人に聞くので）答えがばらけるのに対し、この質問に関してはすべての美容外科医が同じイケメンメンバーの名前を挙げました。本当に、一人として、別のメンバーを挙げた先生はいらっしゃいませんでした。これには司会者や回答者のタレントさんも驚いていました。

解説編で、そのメンバーを挙げた先生たちの個々の見解や根拠が幾つかVTRで流れましたが、全員同じところをポイントにされていました。

そのときまで、本当に心から申し訳ないと反省しているのですが、私美容整形のお医者さんってちょっと胡散臭いと思っていたんです……当時は今ほどオープンな業界ではなかったし、事故による訴訟も幾つも見かけたし、なんか『裏の世界』みたいな印象を勝手に持っていました。でもあのクイズを見てから、美容外科医に対する認識ががらりと変わってしまい、とても興味が湧いたのでした。

あれから二十年ほど（！）経ってもあの一件は忘れることなく頭の片隅にあって、いつか美容外科医の先生の出てくるお話を書きたいなと漠然と思っていたので、今回機会をくださったクロスノベルスさんには感謝しています。


イラストをつけてくださったのは、六芦《りくろ》かえで先生でした。

主人公を地味な大学生にした上、攻が性格のよろしくない人なのでどうなんだろうと震えていましたが、六芦先生の繊細で美しい絵柄でびっくりするほど綺麗で恰好いい二人になっていて、ラフをいただいたときは感激しました。また、遥斗《はると》が勤めるカフェの内装も2パターン出してくださっ

あとがき

て、どちらも本当に素敵な店内で嬉しかったのはもちろん、実際にあったら行くのにと強く思ってしまいました。お忙しい中、本当にありがとうございました。

また、担当さんにも大変お世話になりました。折に触れご連絡をくださったり、展開についてアドバイスくださったり、タイトルをつけてくださったりと、担当さんなくしては完成しなかったお話でした。一緒にお仕事ができたことをとても幸せに思っています。

最後に、お読みくださった方に心からのお礼を申し上げます。お手に取ってくださって、本当にありがとうございました。

お忙しい日常の中で、拙著がほんの息抜きになってくれれば、とても嬉しいです。

うえだ真由

CROSS NOVELS既刊好評発売中

家事能力ゼロ男×面倒見のいい男＋健気なちびっこ＝♡

好きなら一緒 にっ

火崎 勇

Illust みずかねりょう

営業マン・毛利は、同僚の根岸と現在半同棲中。最初は成績トップを争うライバル同士だった二人だけれど、根岸が育てる幼稚園児・裕太が恋のキューピッドとなり、三人で家族になろうと決めた。まずは正式な同居生活をスタートさせるべく新居探しを開始。ところが営業実績を認められた毛利は本社への短期出向を命ぜられる。多忙を極め、物件探しどころか裕太のおむかえもままならない。そんなとき、隣に引っ越してきた美女が、根岸と裕太に急接近してきて——!?

CROSS NOVELSをお買い上げいただき
ありがとうございます。
この本を読んだご意見・ご感想をお寄せください。
〒110-8625
東京都台東区東上野2-8-7　笠倉出版社
CROSS NOVELS 編集部
「うえだ真由先生」係／「六芦かえで先生」係

CROSS NOVELS

きみを見つけに

著者
うえだ真由

2015年5月24日　初版発行　検印廃止

発行者　笠倉伸夫
発行所　株式会社 笠倉出版社
〒110-8625　東京都台東区東上野2-8-7　笠倉ビル
[営業]TEL　0120-984-164
FAX　03-4355-1109
[編集]TEL　03-4355-1103
FAX　03-5846-3493
http://www.kasakura.co.jp/
振替口座　00130-9-75686
印刷　株式会社 光邦
装丁　斉藤麻実子〈Asanomi Graphic〉
ISBN 978-4-7730-8779-6
Printed in Japan

CROSS NOVELS